「ちょ、っと、ティエン。何してんの」
「真っ直ぐ歩けない癖に文句言うな」
illustration by CHIHARU NARA

龍の恋炎

ふゆの仁子
JINKO FUYUNO

イラスト
奈良千春
CHIHARU NARA

CONTENTS

高柳智明は手元に届いた封筒の表と裏を交互に何度か眺めてから、思い切り深いため息を吐いた。

「ため息なんて吐いてどうした。梶谷からの手紙には、何が書いてあった？」

ティエン・ライは、ソファに腰かけたまま、顔をこちらに向けてきた。眼鏡を通してなお鋭い視線の先には、高柳の手の中の手紙があった。

「会わせたい人がいるから、ホーチミンへ来いって」

高柳は封筒の封緘を開き、便箋と共に入っていた航空券を取り出した。行き先は、ホーチミン。三日後の日付が記されている。

「嫌なら無視すればいいだろう？」

言葉にせずとも、高柳が内心で何を思っているのか、ティエンは理解している。

「場所と時期によっては、その選択肢もありだったけど」

梶谷が指定してきたのは、ヨシュアと会う予定の一週間前。そして、高柳がヨシュアと会うために指定した場所は、ベトナムのダナンだ。

アメリカの有名な雑誌で『魅惑(みわく)のビーチ』のトップ5に選ばれた、最高の観光地である。海水浴はもちろん、高柳がその場所を選んだ最大の理由は、歩行者専用の観光橋梁(かんこうきょうりょう)『ゴールデンブリッジ』を実際に歩いてみたかったからだ。

テーマパーク内にある、百五十メートルに及(およ)ぶその橋は、地面から生えているかのような巨大な手が支えている。ゆえに『神の手』と称されている。

初めてその橋を知ったのはいつだったか。アジア各地を飛び回る仕事をしているから、『いつか』は観られるだろうと思って早数年。

なぜかベトナムには縁(えん)のないままに過ごしてしまったことで、『いつか』は『いつか』でしかないことを思い知らされた。ゆえに高柳は、ヨシュアと話し合いをする場所に、あえてこの地を選んだ。

ちなみにヨシュアと会う前に、ティエンの甥(おい)で黎(ライ)家の次期当主であるフェイロンも、侯(コウ)たちと一緒にダナンで合流する予定だ。

いまだヨシュアとの話し合いに気は進まないが、フェイロンと会って、一緒にあの橋を見に行くために赴(おもむ)くと思えば、重い腰も上がろうというものだ。

高柳がダナンを指定した事実を、レオンは知っている。となれば、梶谷が知らないわけがない。要するに梶谷は、何もかもわかったうえで、高柳同様、『あえて』このタイミングとこの場所を選んだのだろう。

（梶谷さんのことだから、悪い話じゃないんだろうけど）

「で、どうする？」

「行くよ」

高柳は便箋を戻した封筒をテーブルの上に置いた。

「ティエンは嫌？」

「嫌なわけじゃないが」

「レオンのことが気になる？」

その名前を口にした瞬間、他の人なら気づかない程度にティエンの眉が動いた。

高柳はつい最近、記憶喪失に陥った。それもティエンと自分との関係のみ忘れるという、ある意味特殊な記憶喪失だった。

そんな高柳にティエンとの関係を思い出させるべく、レオンは荒療治を仕掛けてきた。簡単に言えば、高柳に手を出してきたのだ。当然のことながら未遂で、様々な事情もあって高柳は無事ティエンとの関係も思い出せた――が、ティエンはこのときのことをかなり根に持っているらしい。

レオンには梶谷という恋人がいるし、からかわれただけだと高柳は思っている。が、ティエンは違う考えを持っている。

梶谷という恋人がいても、あわよくば、と思っていたはずだ、と。そのぐらい、レオンは高柳を気に入っている、らしい。

ティエンが気に食わないのは、レオンに思われている事実を、高柳が喜んでいることだ。

もちろん、高柳にはティエンしかいない。レオンとセックスしたいわけではない。だが、レオンという人物に特別に思われている事実が、単純に嬉しいだけなのだ。

だが、ティエンには理解できないようだ。

「梶谷さんからの手紙には、レオンはダナンに来ないって書いてある」

「ダナンには、だろう？　ベトナムに来ないと書いてあるわけじゃない」

「そう言われればそうなんだけどさ。いずれにせよ、ベトナムには行く予定だったんだし。問題といえば、多少出発が早くなるぐらいだけど、無職の今はそれも大したことじゃないよね」

ソファに座るティエンの前に立つと、当たり前のように目の前の男の膝に乗り上がる。

同じく当たり前のように掛けている眼鏡を奪った手を、そのままティエンの首の後ろに回す。

「何より、ベトナムはご飯が美味しいんだ」

美味い料理を思い浮かべながら、高柳は笑った唇を恋人の唇に押しつけた。

1

ベトナムのホーチミン市郊外に位置するタンソンニャット国際空港、サイゴン国際空港とも称される場所に辿り着いたのは、午後四時を回った頃だった。

スーツケースを受け取って到着ロビーに出ると、アジア独特の湿度の高い空気が、ねっとりと肌に纏わりついてきた。Tシャツに綿パンツを穿いていてもこの状態だ。

アジアを拠点にする仕事が多い高柳だが、気候はその国ごとでそれぞれ異なる。特にベトナムは南北に国が長く、北部のハノイと南部のホーチミンでも気候が異なる。ハノイは四季があると言われているが、ホーチミンは熱帯モンスーン気候に属するため、一年中暑い。

そんな中でも、ティエンは濃い色のシャツに黒のデニムを穿いているうえに、サングラスまで黒だ。膝丈の綿パンに派手な柄のシャツを羽織った高柳は、眉間に皺を寄せる。

「なんだ、その顔は」

サングラスのブリッジを指で押し下げたティエンは、怪訝な視線を向けてきた。

「ただでさえ暑いのに、その服見てると余計に暑くなる」

「今さらだろうが」

ぶう、と膨らまされた高柳の頬に、ティエンは表情を変えることなく人差し指を突き立てた。

「ティエンを見てたら喉が渇いた」

「はあ？　ホテルまで我慢できないのか」

「できない」

ティエンの言葉を高柳は速攻で否定する。

「どーしてもここでコーラが飲みたい！」

駄々っ子のように宣言する。こうなったら高柳はコーラを飲むまで退かないと、ティエンは心得ている。

「……早く行って来い」

ちょいちょいと手で追いやるティエンの表情を少々不満に思いつつ、高柳は途中にあったドリンクスタンドへ向かいながら、時間を確認しようとボディバッグからスマホを取り出した。

「あ」

俯いた視線の先に人影を認識した次の瞬間、高柳は何かにぶつかった反動で後ろに飛び退き、そのままバランスを崩して尻もちをついた。同時に、半開きになっていたボディバッグから荷物が飛び散ってしまう。

「痛……っ」

「……と、申し訳ない」

何が起きたかもわからず声を上げた高柳の顔の前に、手が差し出される。

「電話していて、前に人がいることに気づかなかった」

流暢な英語で話しかけてくるのは、アジア系の顔立ちの、人のよさそうなビジネスマンだった。

（いいスーツ着てるな）

建物の中は寒いぐらいに冷房が効いているが、一歩外に出たら灼熱が待っている。にもかかわらずこんな暑い格好をしているのは、暑いと思わずにいられるからだ。

（とりあえず、知らない人、かな）

アジア各地で仕事をしていたため、ある程度、顔の売れた政財界の人物の顔は認識していたが、高柳の記憶の中に目の前にいる男はなかった。

高柳はそんな相手にぶつかった時に手から落ちたスマホを摑んでから、差し出された手を借りて立ち上がる。

「こちらこそすみません。余所見してました」

「お互い様か」

男もまた、ぶつかったときに、スマホを落としていたらしい。

「ですね」

高柳が立ち上がってから、足元に落ちていたスマホを拾い上げて無造作(むぞうさ)にポケットに突っ込む。袖口(そでぐち)から覗(のぞ)く腕に嵌(はま)っているのは、高級車が購入できるぐらいの価格の時計だ。

「気をつけて」

「お互いに」

差(さ)し障(さわ)りの無い挨拶(あいさつ)をして、高柳はドリンクスタンドに向かって再び歩き出すが、数歩足を進めてから、そっと視線で男の向かう先を追いかける。高柳と違ってこちらを気にする風はない。

「気にしすぎ、か」

ティエンと一緒に過ごすようになってから、警戒心(けいかいしん)が強くなった。とはいえ、生来が能天気で楽観主義なうえに、危機感をどこかに置き忘れて生まれてきたような性格だ。強くなったといっても、赤ん坊から小学生ぐらいになった程度だ。ティエンに言わせれば、彼の甥(おい)であり、幼い飛龍(フェイロン)のほうが、よほど危機管理ができているという。

「さすがにフェイよりは、警戒心あると思うんだけどなあ」

独りごとを漏(も)らしながら、高柳はドリンクスタンドでコーラを注文する。

「おひとつでよろしいですか？」

「えと、とりあえずひとつ」

ティエンの分も買おうと思うものの、どうせなら飲みたい物を買いたい。何がいいか聞こうと、ポケットに入れていたスマホを手で探ったものの、微妙な違和感を覚える。

触れた感覚が、違う。なぜだろうかとポケットから取り出したスマホに目をやった高柳は、違和感の理由を知る。

機種も色も同じ。だが、待ち受け画面が違う。

「……マジ？」


「遅い」

ターンテーブルまで戻ると、自分と高柳のスーツケースを前にしたティエンが不機嫌そうにこちらを向いた。

「コーラ買いに行っただけで、何分かかってるんだ」

「ごめん。ちょっとトラブルがあって」

「トラブル？」

ティエンは器用に右の眉だけ上げて見せる。

「そ。これ」

高柳はコーラのストローを歯で銜(くわ)えたまま、ポケットに入れていたスマホをティエンに示す。さすがティエンと言うべきだろう。細めた目で見てすぐに気づいたらしい。

「それ、どうした」

「さっき人とぶつかって、お互いにスマホ、落としちゃったんだ。多分、そのときにすり替わっちゃったみたい。ちなみに画面ロックかかってないけど、中身、空(から)っぽ」

「空っぽって……、知ってる奴だったのか？」

「ううん、全然知らない人だと思う。ぶつかったのが故意(こい)か故意じゃないかはわからないけど」

「同じ機種、同じ色のスマホを持っててすり替わってれば、故意じゃないわけないだろう」

ティエンは低い声で言って、深いため息を吐いた。

「僕もそれはちょっと思ったけど、悪い人には見えなかった。ただすっごい高そうな腕時計してた」

高い腕時計をしている人物と聞いて、高柳の頭にすぐに浮かぶのは、米国最大手流通チェーン・ウェルネスマートの最高執行(しっこう)責任者を務める男だ。大学の先輩であり、元上司。日本人の両親を持ち、日本の名前を持ちながら、中身はこれ以上ないほどアメリカ人である、ヨシュア——黒住修介(くろずみしゅうすけ)。

「ぶつかったときには気づかなかったのか?」

「そのときは、画面も見ずにすぐにポケットに突っ込んじゃったんだ。ジュース買うとき、ティエンに電話しようとして、自分のじゃないことに初めて気づいた。もしかしたら荷物待ちしてないかと思ったけど、姿は見当たらなかった」

似たような時間にホーチミン空港に到着した飛行機は何便かあったらしい。他のターンテーブルもざっと見回したものの、先ほどの男はいなかった。

「お前はどうしてそう、面倒なことを抱えてくる」

「えー、僕のせい?」

「俺に用がある人間かもしれないが、少なくとも相手が最初に接点を持とうとするのはお前だ。だからこそ、お前のスマホと同じ機種、同じ色にしたんだろう。違うか」

「それはそうかもしれないけど」

だがこれまでの経験上、最終的な目的はティエンの可能性の方が高い。だがそれを言うと、ティエンが余計な責任を負うことになる。

「で、どうする?」

「とりあえず、一旦(いったん)ホテルにチェックインして荷物を置いたら、その足ですぐご飯」

高柳の返答に、ティエンは眉間に皺を寄せる。

「何、その顔」

「飛行機ン中で食ってなかったか？」

「それはそれ」

ティエンが聞いたのは、そういう話でないだろうことは高柳も心得ている。

「なんにせよ、用があるなら連絡してくるでしょ、向こうから。こんな手の込んだことをしてきたんだから」

高柳は自分のではないスマホを顔の高さに掲げる。

「面倒な奴だったらどうする？」

「ティエンがなんとかしてくれるでしょ？」

見上げる高さにあるティエンに顔を近づけ、サングラスの奥の瞳に映る己の表情を確認する。しばしばティエンに狡いと言われる、蠱惑的と称される微笑み。

童顔と言われ続けてきたため、高柳は「蠱惑的」と言われてもよくわからない。もちろん口元にある黒子がセックスアピールになると、考えたことはなかった。自分が男を好きになるとは思っていなかった。

大学時代、互いの存在を気にしながら、会話をしたことはたった一度だけ。その後、ウェルネスに入社した高柳が、香港でティエンの元を訪れなければ、今の関係はない。

命の危険を感じ――いや、実際に何度も死ぬ思いをしながら、そのたび二人の絆は強くなった。ティエンは常に、高柳を護ってくれた。とはいえ、高柳もただ護られていたわけではない。自分なりに考えを巡らせ、味方を増やし、今日まで生き抜いてきたのだ。

そして二人にとって、鳥籠的存在であると同時に、枷ともなっていた男の手中からも逃れることにした。

いや、逃れるわけじゃない。正確に言うなら、自由になることにしたのだ。

「僕の頼みなら、聞いてくれるでしょ？」

自信たっぷりに言うと、ティエンは一瞬、真顔になったが、すぐに眉尻を下げた。

「知るか」

予想と異なる反応に、高柳は「え」と短い声を上げる。

「そんな意地悪言わないで……」

懇願する高柳を無視して、ティエンは振り返ることなく先へ歩き出した。


入国審査を終えると真っ直ぐにタクシー乗り場へ向かう。空港からホーチミン市内までは、車に乗ってしまえば三十分ほどだ。航空券同様、ホテルも梶谷が予約してくれていた。

「シンチャオ」

高柳はタクシーの荷台にスーツケースを入れてから後部座席に乗り込み、予約をしたホテルの名前をベトナム語で告げる。

そんな高柳を、座席の隣に乗ってきたティエンはじっと見つめてくる。

「何？」

「ベトナム語、話せたのか」

「うーん。話せるってほどじゃない。挨拶と、買い物に困らないぐらい」

それは日常会話は十分ではないか。ティエンの物言いた気な視線に気づきながら、高柳は背もたれに背中を預け、ぐっと両手を前に伸ばす。

「ウェルネスがベトナムに進出しようとしてた話、あったの覚えてる？」

「あったな」

ウェルネスは常に、次に進出すべき場所を模索し調査している。

「あの頃、ティエンはフィリピン、僕はシンガポール担当だったんだよ、確か。当初順調に交渉が進んでいたベトナムの雲行きが怪しくなってきたってヨシュアに言われて、シンガポールが終わったら、すぐにベトナムを手伝う流れになりかけてたんだ」

「それは知らなかった」

「内々の話で、遊佐さん経由でヨシュアが血迷ったこと言ってるって聞いただけだから」

本来なら、内々も何も、プライベートの会話の延長にすぎない。だがそんなプライベートの話が現実になる確率が非常に高い。そしてヨシュアは『やる』と言ったら『やる』。下準備なしに全速力で走らされたことが、高柳はこれまでに何度もある。

そんな経験から、内々の話でうっかりそんな情報を仕入れてしまったら、『いつか』のために準備をするのがいつしか癖になっていた。

「でも、ティエンが知らなかったように、僕が出る前に頓挫したわけだけど」

頓挫したあと、仕切り直しをしなかったのは、当時ウェルネスがベトナムの市場をそれほど重要視していなかったためだ。

だがあれから数年を経た今、タクシーの窓から眺める街は、他のアジア諸国に勝るとも劣らない活気に溢れている。

「勿体ないことしたよね」

見知ったスーパーチェーンの看板を目にするから、余計にそう思ってしまう。

「ヨシュアって変にプライド高いから、一度失敗すると、なかったことにするんだよねえ」

そう。ウェルネスの中でベトナム進出は、『予定すらなかった』ことになっている。

高柳がウェルネスを辞めた、もといヨシュアの元から逃れようと思った理由は、彼の人となりだけが問題ではない。もちろん、そこが一番大きな理由だったし、ティエンと離れていられないと思ったことも理由のひとつに挙げられるが、今になってみると色々な不満を抱えていたことに気づいた。

基本的にやり甲斐はあったし、責任のある仕事も任されていた。

だが良くも悪くもウェルネスの名前が枷になっていたのも事実だった。

「智……」

ティエンが名前を呼んだそのタイミングで、実にシンプルな電話音が聞こえてきた。

「なんの音？」

周囲を見回した高柳の胸元をティエンは指差す。上着代わりに羽織っていた麻のシャツのポケットの中に突っ込んでいたスマートフォンが、着信を知らせていたのだ。

「あ！」

慌てて取り出して画面を見る。

そこには、高柳のよく知っている電話番号が表示されていた。

高柳はティエンとアイコンタクトしたのちに、ひとつ息を吸ってからティエンにも聞こえるように、スピーカーにして通話ボタンを押す。

「もしも……」

『Hello!』

高柳が応答するよりも前に、電話越しにもかかわらず、明瞭なテノールの声が聞こえてきた。

『やあ、君は誰かな』

やけに馴れ馴れしい口調に、高柳の隣でティエンがぴくりと体を震わせる。

「僕は高柳智明といいます。貴方は誰ですか」

そんなティエンに気づきながら、高柳は何でもないように返す。

『ファムだよ』

「ファム、さん」

范、か。頭の中でぼんやり漢字を思い浮かべる。

『空港のトイレの前でぶつかったの、覚えてるかな』

「はい」

高柳が自分の手からスマホを離したのは、あのときだけだ。

それも、一瞬。落として、すぐに拾い上げたつもりだった。でもその一瞬のうちに相手の物とすり替わった。そしてすり替わったことに気づかなかった。

なぜなら、同じ機種だったから。カバーもつけていなかった。高柳だけでなく相手も。そして、高柳もロックをかけていなかった。

そんな偶然、起こり得るとすれば、天文学的な確率だろう。

超のつく現実主義者な癖にロマンティストのヨシュアなら、『運命の出会いだ』とでも宣うかもしれないが、さすがに高柳は冷静だ。

『こんな偶然あるのかな』

あるわけがない。用意周到に練られている。

電話の向こうから聞こえるわざとらしいセリフに、思わず笑いそうになってしまう。もしかしたら相手はヨシュアなのではないか、と。

「それより、どうしますか。お互いに携帯ないと困りますよね」

『うん。君は今どこにいるのかな。私は宿泊先のホテルにいるんだが』

「僕も今ホテルに向かっているところです」

ホテルの名前を告げると、『それは驚いた』とファムが声を上げる。

『私もそこに宿泊しているんだ。すごい偶然だ』

大袈裟な反応に、高柳はちらりとティエンに視線を向ける。スピーカーから漏れる声はティエンにも聞こえている。

「本当にすごい偶然ですね。ホテルに着いたら荷物だけ預けてすぐ出かけてしまうので、ホテルのフロントに預けて……」

『いや、さすがに互いの個人情報の詰まったものだ。フロントに預けるのは心配だから、直接会って交換できないだろうか』

なるほど、そうきたか。

ティエンに視線を向けると、首を横に振られる。当然の反応だ。相手が何者かもわからない状況で、わざわざ危ない橋を渡る必要はない。

が、会わなかったところで、話は終わらないだろう。相手が何者で目的がわからないなら、それを知るべきだ。

「今日は時間が取れないので、明日ならどうですか?」

試しに高柳から仕掛けてみる。明日までスマホが手元にないのは不便だが致し方ない。

『そうだね。夜になれば体が空くから、一緒に食事などどうだろう?』

「食事、ですか」

高柳は一瞬、戸惑ってみせる。

『ホーチミンの美味い寿司屋の予約が取れたんだが、同行予定だった者が急に行けなくなったから、キャンセルしようかと思っていたところなんだ』

「寿司屋……」

思わず高柳は反応する。

『あ、君は日本人か。さすがに日本食が恋しいなんてことは……』

頭に浮かんだ店がある。ベトナムでの仕事があるかもしれないと思ったとき、最初に調べたのは当然のことながら食事についてだった。ベトナムには日本人の好みに合う料理が多い。今回もガイドブックやインターネットを活用し、B級グルメから最高級フレンチまで、ありとあらゆる店をチェックした。

郷にいっては郷に従え。

最近は他の国でも、諸外国の料理が味わえる。だが基本的には、多少の好みはあろうとも、その土地ならではの料理を、その土地の空気の中で味わうのが一番の贅沢だと思う。

だが例外もある。

「もしかして、『きよ水』、ですか？」

ふと浮かんだ店の名前を口にしてみる。

『そう、その店だ。よく知ってるね』

まさかと思っていたが、そのまさかだった。

「ぜひ、ご一緒させてください」

前のめりに応じる高柳の様子に、ティエンは眉を上げる。

「な……」

『そう言ってもらえて嬉しい。八時から予約を入れているんだが、都合はつくだろうか』

「大丈夫です」

高柳は即答する。

他の予定があろうとも優先させる。その強い気持ちが伝わったのか、電話の相手は笑っていた。

明日は、予約時間に店に直接向かうことを約束し、そしてこの後、互いの電話の電源を切ることを約束して話を終わらせた。

「『きよ水』か……」

呟く横で「お前な」とティエンが低い声を上げる。高柳はそんなティエンの口元を自分の手で覆う。

「この状況で相手に、それも一人で会うことの危険性は重々承知してる。だから、言わないで」

「わかってるなら……」

口元にある高柳の手首を摑んで、ティエンは睨みつけてくる。

「でもね、しょうがないんだ。だって『きよ水』だよ」

「だっても何もないだろう。美味い寿司が食いたければ、日本に戻ったときにいくらでも食えるだろうが」

「残念ながら、『きよ水』はベトナムでしか食べられないんだ」

　高柳は思い切りドヤる。

「ティエンは知らないだろうけど、『きよ水』の大将は、元々日本で有名な寿司屋を開いていたんだ。弟子も何人もいて、そのお弟子さんたちが開いた店はどこも有名店になっている。ニューヨークの店はセレブ御用達になってるぐらい」

「だったら余計に、どこでだって食えるってことじゃないのか」

「ぶー」

　高柳は顔の前で指を交差させて、バツ印を作った。

「お弟子さんの店はあくまでお弟子さんのお店。大将の教えを踏まえて独自の店を展開させてる。だから『きよ水』は大将の店一店舗しかなかった。でも三年前かな、大将は引退を考えて本店をお弟子さんに譲ろうとしていたときに、海外のとある企業家に乞われて、自身最後の花道として、海外進出を決めた。それが、ホーチミンの『きよ水』」

　一度だけ、大将がいた当時の『きよ水』に行ったことがある。ある程度の高級店でありながら決して敷居は高くない。グルメ雑誌の評価を拒み続け、カウンター八席の店に拘り続けてきたため、次第に口コミだけで予約の取れない店に成長した。高柳が足を運べたのは偶然だ。たまたま予約キャンセルのあったところに滑り込めた。

そして訪れた店で食した寿司の味だけでなく、大将の人となりに惚れ込んだ。明るく人当たりがよく、口調は穏やかで、きめ細やかな心配りもできる。日本酒や焼酎だけでなく、ワインにも精通していて、料理に最適な酒を選んでくれる。

価格帯を言えば、もちろん贅沢すぎる店だ。だがその価格以上の満足感がある。行って良かったと思うし、また行きたいと思う。そんな店だった。だがその後、残念なことに予約が取れなくなり、先に述べたように店を弟子に任せ、大将自身は渡越してしまったのである。

アジア圏内ならいつかは訪れる機会もあるだろうと油断していたら、高柳がベトナムと仕事で関わっていない間に大人気店となってしまって、今に至っている。

もちろん今回もベトナム行きが決まってすぐ、予約を試みたものの、連日満席状態で諦めかけていたところだったのだ。

高柳がここまでの経緯を熱く語っても、ティエンには響かなかったらしい。

「寿司屋は寿司屋じゃないか」

「確かにその括りで言われたら身も蓋もないんだけど、『きよ水』は違う……と言っても、日本人じゃないティエンにはわからないか」

「日本人だったとしても、わからないだろうな」

ティエンとて、どうせ食べるなら美味しい物を食べたいという気持ちはある。だが高柳のように、そのために長い列に並んだり、旅行をしたりする気持ちは理解できないようだ。

「別に理解してほしいとまでは思ってないから、明日の夕食はひとりで食べてね」

「……は？」

「カウンター席を予約してたって言ってたから、当然、僕一人で行く。あれ。もしかして、ティエンも一緒に行くつもりだった？」

高柳の問いにティエンは絶句する。

「何を考えてる？」

「相手が何者かわからないから、会いに行くんだ。さすがに高級寿司屋で何か仕掛けてきたりしないよ」

高柳は肩(かた)を竦(すく)める。

「だが」

「あ、ホテル着いた。この話はまた後で。とりあえず荷物を預けたら、すぐにご飯食べに行こう。お寿司の話したから、もうお腹ペコペコ」

高柳は笑いながら、手にしていたスマホの電源を切った。

2

ホーチミンの水運の拠点(きょてん)であり、水源でもあるサイゴン川のほとりに聳(そび)える、アメリカ資本のホテルのロビーは、夕方を過ぎた時間のせいか、アジアのみならず様々な国籍(こくせき)の客で賑(にぎ)わっていた。

チェックインだけ済ませると、ホテルを後にする。

サイゴン川を眺めながら南下すると、ホーチミン随一(ずいいち)の目抜き通り、ドンコイ通りへ辿り着く。フランス統治(とうち)時代の建築物も残っていて、華やかかつ賑やかな場所だ。

「いいな、やっぱり。映像や写真で観ててもワクワク感はあったけど、現地で味わう空気感と匂(にお)いは特別だ」

夕方になって日が傾(かたむ)いて尚、肌に纏わりつくような暑さは変わらない。高柳は両手を大きく開いて、そんな独特なホーチミンの空気を目いっぱい吸(す)った。

「ティエンはベトナムは何度目?」

隣を歩くティエンに尋ねる。

「数えてないな」

サングラスのブリッジを指で下げて、高柳に視線を向けてきた。

「だったら観光案内してくれる」

「無理だ」

高柳の提案はあっさり拒(こば)まれる。

「えー。意地悪(いじわる)」

「生憎(あいにく)、俺が来たのはかなり前だ。こんな賑やかさとは無縁(むえん)だった」

「そっか。じゃ、まあいいや」

高柳は斜(なな)め掛けしたバッグのファスナーを開け、中からスマホを取り出した。

「な」

驚きの顔を見せるティエンに向かって、高柳は満面(まんめん)の笑みを浮かべる。

「これがホントの僕のスマホ」

「ホントの？　じゃあ、入れ違ったのは？」

「旅行用ってか、仕事用。知らなかった？　スマホ、二台持ちしてるの」

「いつの間に」

「結構前。四、五年前かな。よく覚えてないけど。ティエンに連絡するのはプライベート用からだから、知らなくて当然かも」

高柳は平然と応じる。

「同じので、ややこしくないのか」

「機種変更するときも一緒だったしね。他の機種にしたら、使い方変わるから面倒だし」

だからといって、色も同じ物を使うのはどうか。

「見た目同じで、どう使い分けてる？」

「……手触り？」

高柳は一瞬だけ考えて、小首を傾げる。

「手触り？」

「まあ、僕もよくわかってないけど、とりあえず、自分ではどっちがどっちかわかってるから問題ない」

「それはそうだが……。仕事に使っていたのに、スマホの画面ロックをしてなかったのか？」

「そう。仕事用だからロックしてなかったんだよ……。あ、梶谷さんからメール入ってる」

高柳は画面ロックを解除して、梶谷からのメールに気づく。

「会わせたい人と連絡がつかないから、もう少し待ってくれって」

「……梶谷とは、プライベートのほうのスマホで連絡取ってるのか」

「もちろん。レオンさんともこっちで連絡してる」

ティエンが嫌がるだろうことがわかっていて、高柳はその名前を口にする。

「ヨシュアは?」

「残念ながらこっち」

高柳が私用のスマホを示すのを見て、ティエンが揶揄するように笑った。

「なんだかんだ、友達扱いか」

「それは違う」

高柳は間髪いれずに、ティエンの言葉を否定する。

「ティエンと出会った頃は、プライベートと仕事で分けていなかったから。そしてスマホを分けるようになってからは、ヨシュアの電話番号は他人に容易に明かせるものではなくなった」

高柳は肩を竦める。

「仕事用のスマホには、誰の番号が登録されてる?」

「世間的に公になっている番号。ウェルネスの本社とか支社。あとは……、航空会社や得意先の番号。ベトナムで行こうと思ってたお店の番号は、あっちに登録してあったかな」

だからロックが必要なかったのかと、ティエンも理解する。

「そんな話は終わり……。あー、アオザイ。いいな、ティエンは似合いそうだね」

高柳は目に付いたウインドウに飾られたアオザイを眺めて言った。アオザイは、女性用の華やかで華麗な印象が強いものの、もちろん男性用もある。マオカラーのチャイナ服と似た型のため、ティエンが似合わないわけがない。

「智明だって似合うだろう?」

「そうかなあ?」

そんな男の言葉に、高柳は疑いの目を向ける。

「着たいのなら、とりあえず試着してみればいい」

何を躊躇っているのかと、ティエンは半ば強引に高柳の背を押して、近くにあったアオザイを取り扱う店に入った。

「いらっしゃいませ」

観光客の多い目抜き通りにあるその店は、いわゆる土産物屋とは趣が異なっていた。

「男性用のアオザイを見たいんですけど」

高柳が言うと、落ち着いた雰囲気の女性店員は、にこやかに笑った。

「お客様の物をお探しですか?」

アオザイは元々、衣という意味の「アオ」と、長いという意味の「ダイ」が組み合わさった名称だ。

男性用は、伝統衣装であるのと同時に、結婚式などフォーマルな場所で着ることが多かったが、昨今ファッション的に活用する人も増えているらしい。

「かつては女性用と比べると大人しめなデザインが多かったのですが、今は上衣に鮮やかな刺繍を施した物を着られる機会も増えています。シャツにスラックスを着た上に羽織られる方もいらっしゃいますよ」

　パッと見、無地に見える生地だが、同系色の糸で龍や獅子、蓮の花が描かれている。

「綺麗だ……」

　掌でそっと、光の加減で浮かび上がる龍の姿に触れる。普段は見えないその龍の姿が、己の太腿に描かれた龍を思い起こさせる。

　この布がたまらなく気に入った。だがアオザイを着ている自分の姿が今ひとつ想像できず、購入に踏み切れなかった。

「この布でオーダーはできるのか？」

　不意に、背後に立ったティエンが、高柳越しに店員に質問をする。

「もちろんです」

「今日、注文したとして、出来上がりはいつになる？」

「フルオーダーですと一週間ほど、お時間をいただくことになりますが、セミオーダーでよろしければ、今からですと明日の昼には出来上がります」

「だ、そうだ。どうする？」

ティエンに問われるも、高柳は即答できずにいた。欲しいと思う気持ちと同じだけ、自分が着て似合うとは思えない気持ちがあったからだ。

元々着る物には頓着しない。仕事着としてのスーツは複数着持っているが、それらはヨシュアやティエンがなんだかんだで購入してくれたものだ。高柳の好みに任せておくと、子どもっぽくなるか、ひどいセンスの物になりかねない。

高柳も、己のセンスの無さは実感している。だからいくらアオザイが気に入ったからといって、安易に購入しても、着る機会なく終わってしまうだろうとも思っていた。

マオカラーのチャイナ服といえば、頭に思い浮かぶのは、先生こと劉光良だ。男にしておくには勿体ないほどの端整な顔立ちで、背中を越すストレートの黒い髪が印象的な彼は、踝までの長さのある、豪奢な刺繍を施された上衣を美麗に着こなす。

男性用のアオザイは、先生の着ていた服とは異なるとわかっていても、どうしても比べてしまう。

「ええと」

「明日の昼に取りに来る。頼んだ」

決断できずにいる高柳の代わりに、勝手にそう言ったティエンが会計を済ませている間に、店員は高柳の体にメジャーを押し当ててきた。

セミオーダーゆえに計測する箇所は少なくて、あっという間に終わってしまう。

「ティエン……」

「ほら。飯、食いに行くぞ」

ティエンは高柳の腕を引っ張って店を出る。

「何を勝手に……」

「欲しかったんだろう？」

振り返ることなくティエンは言い放つ。

「それはそう、だけど」

「欲しいなら欲しいでいいだろう？　着てみて似合わなければ、土産として持ち帰ればいいだけじゃないか」

「でも……」

高柳らしくない歯切れの悪さに、ティエンは眉を寄せた。

「誰かへのお土産なら躊躇（ちゅうちょ）しないけど、いざ自分の物となると色々考えちゃって」

「着てみたら、フェイに聞いてみるといい。似合うかどうか。あいつなら、正直な感想を言うだろう？」

「……そうだね。うん。フェイの意見聞いてみる」

それほど高級なわけではない物を買うのに、何をこんなに悩んでいるのか。

ティエンの提案で、高柳は吹っ切れた。

「で、夕飯はどうする？　お前のことだから、店も調べてあるんだろう？」

「もちろん」

急激に覚える空腹感に、高柳は通りを走るタクシーを停めた。

ティエンと共にタクシーに乗り込んで、早口にベトナム語で行き先を告げる。

「いいねえ。これから夕飯かい？」

運転手はバックミラーで後部座席を確認しながら、気さくに声を掛けてきた。

「そう。初めて行くんだけど、そこで食べたことある？」

「もちろん。昨日も一昨日も仕事の合間に行ったさ」

上機嫌な返事に高柳は笑顔になる。

「なんだって？」

会話が聞き取れないティエンは、怪訝な表情を浮かべている。

「これから行く店の話をしたとこ。あ、着いた」

五分も走らないうちに目的地へ辿り着いた。料金を払ってタクシーを降りると、目の前に大勢の人が集うオープンレストランがあった。

「すごいな」

ティエンがぼそりと感想を漏らす。

レストランというよりは、大きな屋台街と言った風情だ。四人用のテーブルが、所狭しと並べられ、頭上に張り巡らされた電線からは、裸電球が下がっている。

大勢の人たちの話し声と、食欲をそそる料理の香り。溢れ返る笑顔。飛び交う言葉。アジア特有の、活気溢れる様子を見ているだけでテンションが上がってくる。

台湾の夜市とも異なる。シンガポールのホーカーズに近いかもしれない。

空いている席に座って、テーブルに置かれたメニューを見る。

「何が食べたい？」

「任せた」

「任された！」

高柳は元気よく応じると、二つ先のテーブルにビールのジョッキを運び終えた店員を呼び止める。メニューを指差しで注文し終えると、ほどなくしてビールが運ばれて来た。

「それじゃ、乾杯かな」

「ベトナムでは、なんて言う？」

ティエンが聞いてくるタイミングで、隣のテーブルに座る男たちが声を上げる。

「モ・ハイ・バー・ヨー！」

高柳が目で合図するとティエンは頷いた。そして同時に口を開く。

「モ・ハイ・バー・ヨー！」

ぐっとビールを飲むと、全身に冷たさが広がっていく。

「美味い」

すぐに注文した料理が運ばれてくる。

貝料理、海老の串刺し。山盛りのサラダ。肉の香草焼き。

ベトナムの魚醤である、少し濃い目のヌックマムをベースにした味は、どれもビールによく合う。

「やっぱり、現地で食べる料理は美味しいな」

周辺に座る客の大半は、おそらく地元民だ。地元民が好んで集う店は、当然、美味い店だ。

ベトナム行きが決まって最初に見つけたこの店は、予想通り大当たりだ。

「いいよね、アジアって」

高柳はすぐに空になったジョッキと引き換えに、新しいビールを飲む。

「洗練されたヨーロッパやアメリカもいいけど、そういう街にはない、独特のエネルギーみたいなものが、アジアにはあると思うんだ。わかる?」

「ああ」

「ベトナムも、ドンコイ通りとか、フランス領時代の建物とかあるけど、こう一歩裏に入ったり、街を外(はず)れると、こういう独特の雰囲気に溢れた場所がある。蓄えられたエネルギーが、今にも爆発(ばくはつ)しそうな……、まだまだ開発し甲斐(がい)のある場所がいくつもある。画一的(かくいつてき)なやり方じゃない、その土地や風土に合わせた方法で……」

つい熱く語りかけたところで、高柳はティエンの生温(なまぬる)い視線を感じる。

「何、その目は」

「仕事、したいんだろう?」

何もかもわかった風なティエンの物言いに、高柳は眉を顰(ひそ)める。

「したいよ」

唇を尖(とが)らせた高柳は、「当たり前」とつけ足す。

「ティエンもじゃないの?」

「俺は違う」

高柳の返した問いに、ティエンは否を示す。

「したくないのか。なんか、意外」

「俺は元々、やりたくて仕事していたわけじゃないからな」

「まあ、そうだけど」

ティエンがウェルネスにいるのは、香港（ホンコン）の黎（ライ）家から逃（のが）れ、身を隠（かく）すためだった。ティエンが助けを求めたヨシュアは、ただ何もせず護るようなことはしない。ティエンが使える人間だということは、大学時代から良く知っている。だから、ウェルネスにいるならば働けと、高柳とともにアジア進出に関する仕事を任せた。

とはいえ、ティエンは現場で走り回る高柳と違い、戦略（せんりゃく）や進出計画を練（ね）る側だ。家業をやっていたときと、やること自体はあまり変わらなかったかもしれない。

やりたくなくても、任された仕事は完璧にこなす。ティエンがウェルネスで働くようになってから、確実にアジア進出の成功率と業績は上がっている。

ヨシュアはティエンのやり方に細かく口を出すことはなかった。だからティエンが抜けたことは、ウェルネスにとって痛手になっているはずだ。

ウェルネスになくてはならない存在にもかかわらず、ヨシュアの言動からは、誠実さが感じられなかった。自分だけでなく、ティエンに対しても。

ヨシュアが人間的に欠陥（けっかん）があることはわかっていたつもりだった。何かあるたび、しょうがない、仕方がない、相手はヨシュアだからと思ってきた。高柳と表現方法が異なるだけで、ヨシュアはヨシュアなりに、自分たちのことを大切に思っているはずだ。

萎(な)えかける気持ちを奮(ふる)い立たせてきた。だがその気持ちが折(お)れた。というか、奮い立たせようと思う気持ちが失せた。

だからといって、仕事自体が嫌いになったわけではない。

「お前は仕事、好きだったな」

「――うん」

面白かった。やり甲斐を覚えていた。

人とのやり取りが面白かったし、企画立案した紙の中だけだった事柄(ことがら)が、リアルに形になっていく。様々な人との出会いによって、さらに仕事が面白くなった。

ティエンと再会した。レオンと出会い、梶谷とも友人と言える関係になった。先生、ゲイリー、それから、侯(コウ)。

今、高柳が親しくしている人たちとの出会いは、ウェルネスがきっかけだ。

そんなすべてをひっくるめて、高柳は仕事が大好きだ。

「仕事は好き。でも、だからってウェルネスに戻りたいわけじゃない」

「だが、ウェルネスぐらいの大きな会社じゃないと、お前のやりたいことはできないだろう？」

「そうかなあ……この、貝、うまっ。ティエンも食べてよ」

高柳はなんの躊躇もなしに、自分の箸で持った料理を、そのままティエンの口に運ぶ。ティエンも躊躇いもなく口を開けた。

「美味しいでしょ？」

「確かに美味い」

互いの息が合ってきたのは、ウェルネスの仕事を辞めてから。正確に言うと、高柳が短期間の記憶喪失を経験してから、だ。

互いに互いを思い合っているからといって、それだけで互いの生活パターンを熟知しているわけではない。一緒に生活することでわかることも多い。

ともに生活することは、休暇の期間だけ一緒に過ごすのとはわけが違う。

「正直言うと、僕も最初の頃は、ティエンと同じ考えだった」

「同じ？」

「僕のしたい仕事は、ウェルネスにいないとできない、と」

ウェルネス、もしくは同じ規模の企業でなければ無理だと。

だがウェルネスと距離を置き傍観することで、見えてきたこともあるし、やりたいこともわかってきた。

「でも、そうじゃない。ウェルネスに『いなくても』できる方法がある。それについて、梶谷

OPEN

さんに相談に乗ってもらってたとこなんだ」

「梶谷に？」

「法律家としての立場から、アドバイスが欲しかった」

三杯目のビールを飲む頃には、ちょうど良い感じに酔いが回ってきていた。そこで止めればいいのだが、やっとベトナムに来られた嬉しさが勝った。それに料理がとにかく美味い。

「ティエンは、ウェルネスに戻ったほうがいいと思ってる？」

「いいや」

ティエンは即答する。

「俺のことは気にせず、お前のやりたいようにやればいい」

これまで、ウェルネスはティエンにとって良い隠れ蓑だった。そんなティエンがウェルネスを辞めると言い出したのが発端だった。

その後、高柳もヨシュアに対して絶縁を突きつける状況に至った。そして紆余曲折を経て、ウェルネス側と腹を割って話すところにまで辿り着いた。

だが、いまだその日付は確定していない。

久しぶりの休暇気分を堪能していても、この状態のままでいいとは高柳も思っていない。

そろそろ腹を括らねばと考えて動き出したところだ。

「暑いときにはビールだよね、やっぱり」

くっとジョッキのビールを飲み干す。

「美味しい料理を目いっぱい食べて、冷えたビールを飲んで、心地よく酔った状態で寝たら気持ちいいだろうな」

「帰ったら寝るのか」

そんな高柳の手に、ティエンの手がそっと添えられる。指を一本ずつ絡められて、指の付け根部分を探られると、ゾクゾクとした感覚が背筋を這い上がっていく。

「俺は美味い料理と美味い酒を味わったうえで、お前のこともたっぷり味わいたい」

腰を浮かし、耳元に口を寄せられ、熱い息を吹きかけられる。どさくさ紛れに耳朶を軽く噛まれた途端、「あ」と高柳は高い声を上げて身を引いた。

「ティエン……」

耳を手で押さえ、恨みがましい目を、向かい側に座った男に向ける。

「お前はしたくないのか？」

恥ずかしさゆえに真っ赤になった高柳を、ティエンはにやにや笑いながら眺めている。もちろん、高柳の返事などわかっていての言葉だ。

「……意地が悪いな」

「そんなの、今さらだろう？」

ティエンは重ねた状態の指を動かす余裕がある。爪（つめ）の先、指のつけ根、浮き上がった血管を辿るような動きにも、昂（たかぶ）り出した高柳は反応してしまう。

肌に纏わりつく、湿気を孕（はら）む空気すらも、今の高柳にとっては愛撫（あいぶ）に思える。

「……したいに決まってる」

高柳はぐっと腹に力を入れて応じる。

「でも、帰ってから。今は食欲を満たしたい」

ティエンの手から逃れ、反対に自分の手でティエンの手を覆う。これ以上、食事の邪魔（じゃま）をされないようテーブルに押しつけて、自由になる手で箸を使い、料理を口に運ぶ。

「この状態でも食い気が勝つのか」

「当然。ティエンと違って僕は初ベトナムだからね。現地でベトナムの料理を食べるのを、どれだけ楽しみにしてたと思ってるの？」

言いながら、高柳は通りかかったスタッフを呼び止めて追加の料理を頼む。すぐに運ばれて来たのは、生春巻（なまはるまき）とバインセオだ。米粉とココナツミルク、卵と混ぜてパリッと焼いた生地に、ひき肉と野菜を炒（いた）めたものがたっぷり詰まっている。

「これを、香草と一緒に葉っぱに包んで……、たっぷりスイートチリソースにつけて食べる、と」

　大きな口を開けてぱくりと噛み締めると、口の中に独特の香草の味わいとスパイス風味の肉、それからパリッとした生地の味が広がっていく。

「あー、美味しい。この、香草とスパイスがいい」

　ひとつ食べ終えると、またすぐ次を用意する。ティエンは半ば呆れたように笑いながら、幸せそうに食事をする高柳を眺めている。

「それだけ幸せそうに食ってりゃ、作った人間も、食べられる食材も本望だろうな」

「ティエンも、でしょ？」

　高柳は、ちらりと上目遣いに目の前の男を見上げる。

「俺？」

「ティエンとエッチしてるとき、僕、幸せそうな顔してない？」

　今は食欲を満たしたいのだと言いながら、自分から情事の話を混ぜる。

「美味しい物を食べるの、大好きだけど、ティエンとするのも、大好きだよ」

　ビールを飲み、濡れた唇をぺろりと己の舌で嘗め上げる。その舌の動きに、先ほどまでとは異なり、誘うような淫靡さが混ざる。

「……ったく」

ティエンは小さく息を吐く。

「さっさと食事を済ませろ。ホテル戻ったら、朝まで寝られると思うなよ。焦らされた分、嫌って言うまで抱くからな」

低い声で言うティエンの、濃厚な艶の混ざった表情に、高柳は「楽しみにしてる」と嫣然と応じた。

3

行きはタクシーを使った距離を、あえて徒歩で戻る。二人とも体の奥深い場所に熱を感じながら、その火を燻らせたままでいることの楽しみも知っていた。

焦らしやもどかしさが、その後の情事を燃え上がらせることもある。

恋人になったばかりの頃とは違う。数え切れないほど肌を重ね、体と心を繋げてきた。素面のときも泥酔しているときも、喧嘩しているときも仲睦まじいときも、恋人になる前もなってからも、二人にとってセックスという行為は、これ以上ないほど重要な行為といえた。生きるために呼吸をするがごとく、二人が共に生きる上で、セックスはなくてはならないものだ。

激しい情欲のままに体を繋げるときもあれば、互いの心を落ち着かせるため、抱き合うときもある。

体をひとつにして、互いの鼓動を直接感じることで、高揚感が生まれたり、安堵感が染み渡っていく。最初のときから、数え切れないほど繰り返している行為でも、飽きることはない。

それどころかもっとしたいと思う。

にもかかわらず、恋人になって直後ぐらいの時期からつい最近まで、勤務地が離れていたため、二人が一緒に過ごせる期間は限られていた。今考えると、よくも離れて過ごせていたものだ。一緒に過ごしている幸せを知らなかったからこそ、別々で過ごせていたのかもしれない。

逆に言えば、一緒に過ごす時間の楽しさや喜びを知ってしまった今、離れて過ごすことなど考えられない。これは高柳自身、何度も口にしている。

「ティエンだって、僕と離れて過ごしたくないでしょ？」

ほろ酔い気分で、ふらふらとした足取りの高柳は、ティエンが何度手を伸ばしても、その手を取ろうとしない。無理やり掴まれると、「嫌だ」と駄々っ子のように、己を掴むティエンの手を振り払う。

「危ないって言ってるだろう」

「大丈夫だよ。子どもじゃないんだから」

「言うことを聞く分、子どものほうがよほど扱いやすい」

ティエンはため息を吐いて反論する。

「それ、どういう意味」

高柳はわざわざ振り返ってティエンに確認する。そんな状態でも足は止まらないから、危なくてしょうがない。

何度も行き交う人にぶつかって睨まれているが、当人はまったく気づいていない。文句をいいそうな相手には、とりあえずティエンが睨みを利かせているが、どこまで通用するか。

「僕が子どもだって言いたいのかな」

「違うのか？」

さすがに車の量が増えてきたところで、ティエンはかなり強引に高柳の腕を摑んで、自分の元へ引き寄せる。

「やーだー」

呂律の回らない状態だ。抵抗も可愛いものだ。乱暴に抱え込めば、簡単に肩に背負えてしまう。

「ちょ、っと、ティエン。何してんの」

「真っ直ぐ歩けない癖に文句言うな」

さすがにこの状態で、ホテルまで歩いて帰るのは難しい。だからティエンはすぐにやってきたタクシーを停めて、後部座席に高柳を放り込む。

「何、すんだよ、ティエン。僕は歩いてホテルまで帰る」

「あー、うるさい。黙ってろ。ここまで行ってくれ」

ティエンは持ってきていたホテルカードを運転手に見せる。ミラー越しに頷くのを確認して、まだ抵抗しようとする高柳の腕をシートの背もたれに縫い付ける。

そして。

「ちょ、ティ、エ……んんっ」

言葉で言って伝わらないのであれば、行動で示すのみ。タクシーの中にもかかわらず、ティエンは高柳の唇を己の唇で封じ、抗おうとする体を押さえつけてきた。

「……っ」

上唇と下唇の間から伸びてきた舌の動きで、瞬時にして酔いから醒めた高柳は、己が今どこにいるかを認識する。急激に込み上げる羞恥に、なんとかティエンから逃れようと試みるものの、力で敵うわけがない。それでも懸命に手足をばたつかせると、運転手が後部座席での異変に気づいてしまう。

「どうしました?」

「なんでもないから、運転に専念してくれ」

ティエンは、威圧するような視線を運転手に向ける。ミラー越しにもティエンの眼力は伝わったのだろう。

「はい」

思い切り姿勢を正した運転手の全身に、緊張が走るのがわかった。

「ティエン……」

「お前はもう一度、躾(しつ)け直す必要があるな」

高柳を振り返ったティエンの口元に、嗜虐(しぎゃく)の色が混ざっていた。


預けていた荷物を受け取り、チェックインをすべくフロントで名前を告げると、「伝言をお預かりしています」と言われる。

「伝言?」

差し出された封筒の中身を、高柳は案内を断り、ティエンと二人だけで乗り込んだエレベーターの中で確認する。

「梶谷さんからだ」

「梶谷から?　なんで直接、お前のスマホに連絡してこない?」

「なんでだろう」

言いながら、高柳は己のプライベート用のスマホをパンツのポケットから取り出す。そして理由がわかった。

「うん。充電切れ」

ブラックアウトしたスマホの画面をティエンの顔の前に差し出して、小首を傾げて見せる。

マンガなら「テヘッ」という吹き出しがつきそうな表情に、ティエンは眉を顰めた。

「昨日から色々検索(けんさく)してて、充電し忘れてた」

「……せっかく、プライベートのスマホは盗(と)られずに済んだのに意味ないな」

「まあ、でもこうしてホテルに連絡してくれてるならいいんじゃないかな」

高柳は肩を竦めつつ、改めて梶谷からのメッセージを確認する。

「『スマホに連絡をしても応答がないので取り急ぎフロントに伝言します。君に限って事故(じこ)に遭(あ)ったとは思えないので、心配はしていません。詳細はメールで送りましたので確認してください』……って」

「他は?」

「えと、『ベトナムを楽しんでください』って」

「中身がないな」

「ティエンの言うとおりなんだけど、梶谷さんなりに心配してくれてるんじゃないかな。部屋着いたら、メール確認しないと」

元々ベトナムに来た理由は、梶谷の指示なのだ。念願(ねんがん)の地を訪れた嬉しさゆえに、初志をすっかり忘れていた。

だから部屋に入ると、即、高柳は己のスーツケースを開き、無造作に中に入れてきたタブレットを引っ張り出してベッドの上に乗っかった。そこで胡坐をかき、電源を入れてWi-Fiの設定を終えてメールを確認すると、何通か受信した中に、梶谷からのものが混ざっていた。

「……あれ？」

「どうした」

自分の着替えをクローゼットにかけてから、ティエンは高柳の隣に座り、肩に顎を乗せてタブレットを覗き込んでくる。

（あ、ティエンの匂い）

嗅ぎ慣れた、自分以外の匂い。自分の匂いよりも親しみがある。

大学で初めて出会ったとき、ティエンには硝煙の匂いが混ざっていた。きな臭くて煙臭い。得体の知れないその匂いは、夢みたいに美しい思い出として脳裏に刻まれている。

「梶谷さんが僕に会わせたいって言ってた人、スマホ落としたんだって」

高柳は思わせぶりに言うと、ベッドサイドに置いていた自分の鞄に手を伸ばす。そこに突っ込んでいたスマホを充電する。と、その瞬間に受信したメールの画面に表示された名前をティエンに見せた。

「……どういうことだ」

「僕に聞いてもわかんないよ。ただ、梶谷さんとファムさんはお知り合いってことなんじゃないの？」

梶谷から自分に届いたメールを読み進めていくと、そこにはたった今、口にした男の名前が記されている。

「范伯成――ファム・バー・タイン」

「なるほど」

ティエンは肩を揺らす。

「で、顔合わせは、いつの予定だ？」

「梶谷さん、明日の夕方にベトナムに到着するらしい。その夜にと書かれてる……、まさか、ファムさん、僕との予定、すっぽかすつもりなのかな」

「どっちの予定を？」

ティエンの指摘に、高柳は「どっちだろう」と笑う。

今のところ、予定キャンセルの知らせは入っていない。

「もしかして、あっちは全部わかっていて僕に声をかけてきたのかな」

「梶谷経由で話をするつもりがあるなら、なんでこんな面倒臭いことを仕掛けてくる？」

「僕らの出会いが偶然じゃなくて、運命だとでも言いたいのかも」

最初は真剣に考えていたが、途中で面倒臭くなった。高柳は梶谷にスマホの充電が切れていたことと、明日の件について「了解」とだけ返信すると、タブレットもファムのスマホもデスクの上に放置し、ティエンに自分の体を委ね、両手を男の首に伸ばす。

ティエンの頬を撫で、掛けている眼鏡をそっと外す。後頭部に指を滑らせ髪をすきながら、ティエンの顔を手前に引き寄せる。

顎を上げ、重なってくる唇に自分の唇を押しつけようとした刹那。

「タコみたいだな」

キスしようと意識した高柳の唇の形を見て、ティエンが破顔する。

「デリカシーのない男だな」

高柳は笑顔のまま、ティエンの唇に自分の唇を押しつける。

タクシーの中でのキスで、高められていた体の奥に熱が灯る。

口腔内を探った舌に、微かなアルコールの味が広がっていく。同時に、高柳は自分が酔っていた事実を思い出す。

脳天が痺れ、頬が紅潮する。服の下で汗ばんだ内腿が熱を持つのがわかる。

「ヤバ……」

濃厚なキスの合間に、高柳は甘い声を漏らす。

「僕の太腿にいるティエンが、暴れそう……」

「……なんだ、それ」

ティエンは思わず目を瞠る。

高柳の太腿には、白粉彫りといわれる都市伝説でしかないという手法で『龍』が刻まれている。上海の『眠れる獅子』、梶谷のパートナーでもあるレオン・リーは、その世界では並び立つ者のないカリスマタトゥーアーティストだ。彼の手によって高柳に肌に刻まれた龍は、体温が上昇したときだけ、その姿を見せる。

童顔の高柳が淫らな表情を見せるとき、彼の『龍』もまた目を覚ます。口元の黒子とともに高柳の中にある淫乱な性を引きずり出してくる。

「こっちのティエンも、起きたみたいだ」

ティエンの首に回していた手を腰に回し、そこで昂り始めている場所を、高柳の手は探り出す。

「大人しくさせたほうがいいのか?」

余裕の笑みを見せながら、ティエンは高柳にされるがままに任せている。

「そんな、勿体ないことしないよ」

高柳は体を反転させ、ティエンの穿いているパンツのファスナーに手を伸ばし、そこをチリチリと音を立てて下ろす。

「いい？」

そこを左右に開き、下着に手を添えながらティエンに確認を取る。何をと言わずとも、この状況で何をするかは明らかだ。

「駄目だと言ってもするだろう？」

「もちろん」

投げ出された足の上に乗り上がり、慣れた手で上衣を捲り上げ、ズボンを左右に開き、下着を下げる。そして叢の中から、キスの間に昂ってきたティエン自身を導き出した。

「美味しそう」

舌嘗めずりしながらの高柳の感想に、ティエンは「食うなよ」と一応忠告をする。

「食べるのはティエンだからね、わかってる」

両手でティエン自身を何度も擦り上げていると、見る見る硬度を増し、先端が小刻みに震え出す。

浮き上がる脈を指で辿り、そそり立つ性器の先端に軽く舌を押しつける。剝き出しの部分から伝わる熱と、強い脈動を感じながら、溢れ出す蜜を啜り上げる。

「……っ」

頭の上でティエンが微かに息を呑むのがわかる。

「気持ちいい？」

高柳は棹の部分をしゃぶりながら、上目遣いにティエンを見上げる。

「ああ」

普段、余裕を見せるティエンが微かに頰を上気させた様は、これ以上ないほどにそそる。もっと感じさせたくて、高柳は先端部分を一気に口に含んだ。

「智明」

ティエンの手が高柳の頭に伸びる。髪ごと頭を摑んでくる指に籠もる力の度合いで、ティエンの感じ方が想像できる。

口腔内で舌を遣い丹念に先端を抉っていく。ドクドク脈打つ根元の縁を指で刺激しながら、先にも歯を立てる。

鍛えられた腹がヒクつく様子を見ていると、高柳も興奮してくる。すぐにでも猛ったティエンを己の身の内に銜え込みたい衝動を堪え、さらにティエン自身を煽る。

わざと吸い上げる音をさせて口腔内で扱いていくと、どんどんティエン自身も昂っていく。

「……上手くなったな」

上擦ったティエンの声が紡ぐ言葉に、高柳は視線で応じる。

これまでに、一体どれだけティエンを愛撫してきたか。そしてティエンに愛されてきたか。ティエンを愛撫している間に、自分自身が感じてしまうため、途中で行為を終わらせられることも多かった。

今もティエンの舌技と比較したら、拙いのは自分でもわかっていた。それでも高柳も、ティエンを良くしたいと思う気持ちはあるのだ。自分がしゃぶり、嘗め上げることで、ティエンが感じていると思うと、それだけで興奮してくる。

今日の高柳の目標は、己の口で達かせることだった。

だから必死に舌や歯、それから唇を使って愛撫し扱いた。その甲斐あってティエンが感じているのは確かなのに、最後の瞬間はなかなか訪れない。

「なんで……？」

高柳はティエンを必死にしゃぶり上げながら、情けない声を上げる。

「こんなに硬くなってるのに……」

先端から蜜も溢れている。脈動も強い。それなのに、高柳の頭を撫でるティエンの表情は、ある一定のところから変化しない。

「気持ち良くない？」

「もちろん気持ちいい」

「だったら、なんで達かない、の？」

ティエン自身を愛撫することで感極まっていた高柳の瞳からは、涙が一筋流れていく。悲しいのではない。興奮ゆえに潤んだ眦を、ティエンは指でなぞる。

「勿体ないだろう？　俺だけ達ったら」

「勿体なくなんてない。たまには、ティエンが達ってるところを見たい」

「仕方がないな」

口の端で笑ったティエンは、髪を摑んだ手を引き上げ、己から高柳を引き剝がす。そしてその場で膝立ちになって、再び猛った性器に高柳の顔を近づけた。

条件反射のように口を開ける高柳の口に、すぐには戻さず、唾液や愛液で濡れたものを、頬に押し当てる。

「あ……」

「欲しいか、これが」

上向きにした高柳の目と、ティエンの目が絡み合う。

「欲しい」

「しゃぶりたいか」

「しゃぶりたい」

問われたままを鸚鵡返（おうむがえ）しする高柳の反応に、ティエンは満足していた。

「それなら、もっと口を開けろ」

言われるままに開きかけた口に、ティエンは乱暴に猛ったものを無理やり押し入れた。

「ん、ふ、ぐっ」

さらに、咄嗟（とっさ）に逃れようとする頭を手前に引き寄せ、喉（のど）の奥にまで押しつけるようにした。

「欲しいんだろう、これが」

しかし、すぐにまた腰を引き、挿入（そうにゅう）したものを引きずり出す。

「ティ、エ……ン」

乱暴とも思える行為に、混乱する高柳の唇の端を、唾液が伝っていく。しかし、高柳は逃れはしない。

「口を開けろ」

命じられるままに開いた口の中に、ティエンは再び性器を突き立て、激しく律動（りつどう）させる。

「ん、ん……あ、ふ…」

主導権を摑んだティエン自身はさらに硬度を増す。じゅぶじゅぶと、猥雑（わいざつ）な水音の間に、ティエンは高柳に確認する。

「欲しい、か、俺が」

息苦しさや口を侵（おか）すティエンの動きに、朦朧（もうろう）としかけている高柳は、言われるままに視線で応じる。濡れた黒子や、艶を増した表情に、ティエンもぎりぎりまで煽られていた。

（こいつ……っ）

結局は高柳の思うツボだとわかっていて、ティエンは望まれるままに振る舞う。

「存分に、味わえ……っ」

一際（ひときわ）強く腰を突き当てた直後、ティエンの動きが止まる。ドクンと大きく脈動した性器が、赤く濡れた唇から引き出された直後、白濁（はくだく）した液体が高柳の顔に解き放たれる。

「……っ」

大きく肩を上下させながら、ティエンは、自身から吐き出されたもので汚れた高柳の頬を、空いている指先で拭（ぬぐ）っていく。

そこから顎、首、鎖骨（さこつ）、胸。

服の上からでもぷくりと膨（ふく）らんだ乳首を、布越しに刺激する。

「ん……っ」

高柳の甘い声に満足したように、ティエンは己の指を再び高柳の眼前へ戻す。

しばし呆然（ぼうぜん）としていたものの、高柳はすぐにティエンの動きに気づく。そしてティエンの指を摑んで自分の口に運ぶ。

そこについたティエンの精液を嘗めただけでなく、指先から根元まで舌を伸ばす。性器を愛撫していたときと同じように、淫らな舌の動きに、ティエンが眉を顰める。

その瞬間を高柳は見逃しはしなかった。

「ティエン、しよ」

媚びるように誘い、高柳は身に着けていた服をその場で脱いでいく。

「さっきまでの色気はどこへ行った？」

子どものような服の脱ぎ方だと、ティエンはしばしば言う。ムードもへったくれもないらしいが、今さらだった。

「焦らしながら服を脱いだら、それはそれで文句言う癖に」

高柳はボクサーパンツをベッドの下に脱ぎ捨てると、ティエンの服を脱がしにかかる。が、どれだけの経験をしようと、どうしても高柳はティエンの服を上手く脱がせなかった。

「あー面倒くさい。もう自分で脱いで」

だからいつものように途中で諦めると、「このままでいいじゃないか」と言われてしまう。

「服着たままの俺に抱かれるとき、結構、興奮してるだろう？」

「……否定はしない」

今さらな指摘だ。高柳は開き直って肯定する。

「じゃ、このまましてやる」

ティエンは高柳の足を左右に大きく開き、その間に体を進ませてきた。高柳自身はティエンを愛撫しているうちに、すっかり勃ち上がっていた。ティエンはそこには触れることなく、その奥、ひっきりなしに収縮を繰り返す場所に触れてきた。

「あ」

高柳が嘗めて濡れた指を、細かな襞の集まった場所にティエンは押しつけてきた。ぐっと中に挿入ってくる感覚に、高柳は咄嗟に腰に力を入れる。

「いやらしいな、智明のここは」

ティエンは締めつけられながら、指を中でぐるりと回した。わざと爪でひっかかれると、体の内側からぞくぞくとした快感が全身に広がっていく。

「そ、こ……」

「気持ちいいんだろう?」

高柳以上に、高柳の体を知り尽くしているティエンは「そこ」を強く刺激してくる。

「いい、ティエン、そこ、でももっと……」

「もっと?」

「……足りない」

話している間にも、ティエンの指は体の中で動いている。爪だけじゃない。指の腹で体の内側を弄られるたびに、快感が昂まっていく。

「指じゃなくて……」

「指だけじゃ足らないのか？」

言いながらティエンは指の本数を増やしてきた。腹側の中を刺激されるたび、高柳自身が震える。

正直な欲望に手を伸ばそうとする高柳を、ティエンはあっさり阻む。

「中だけで感じろ」

ティエンの指がさらに進む。

「や、だ……」

このままだと達かされてしまう。高柳は首を左右に振って抗いの意思を示す。だが許されなかった。それまで放置されていた欲望を痛いぐらいに摑まれ、体内の指が高柳自身も知らない場所を刺激してきた。

「あ………っ」

瞬間、目の前が真っ白になった。

それから、頭の中が。

全身が硬直し、腰が震え、膝が揺れる。

達ける、はずだった。少なくとも、反応としては、絶頂が訪れて頭の芯が痺れている。手足の指が震え、息も上がっている。

だが射精はできていない。

ティエンの指が先を封じている。

「達ったな、ここで」

指が示す場所。そこを弄られた途端、「あ」と甘い声が溢れる。ちょっと触れられただけでも、また腰が疼いて弾んでしまう。

「ダメ……、ティエン、そこ、触らないで」

「気持ちいいんだろう?」

たった今、頭が痺れるような快感を覚えた場所を、また同じように刺激されると思ったら、おかしくなりそうだった。

「や、だ」

「初めてじゃないだろう、ここで達ったの」

確かにティエンの言うように、そこで絶頂を覚えたのは初めてではない。だが指での刺激ではない。ティエン自身で貫かれ、下肢全体を刺激されたうえでのことだった。

まさか指だけで、ピンポイントである一点を弄(いじ)られただけで達してしまうなんて、予想もしていなかった。

「ティエン……、もう、挿、れて」

高柳ははっきりと訴(うった)える。

ティエンだけでなく、高柳だけでなく、二人一緒に達きたい。

だから、ティエンが欲しい。

先ほど達したが、もう既(すで)に猛っている欲望を己の体に突き立ててほしい。

「お願い……、だから」

「ゴムは、どうする?」

念のための問いかけに、高柳は首を左右に振った。

今日はさすがにゴムを装着する間、待つだけの余裕がない。

ティエンに向かって伸ばした手を、ティエンは拒まない。互いの顔を近づけて唇を重ねる。

相手の唇を食(は)み、口腔内で舌を絡め、歯列の裏を刺激し、溢れる唾液(だえき)を啜(すす)る。

舌を絡めながら、ティエンは高柳の体の中を愛撫していた指を引き抜いた。瞬間、強張(こわば)っていた高柳の下肢から力が抜ける。そのタイミングで、もっと熱く、もっと猛ったものが押し当てられた。

指で解され柔らかくなっても、怒張したティエンはすぐには挿入っていかない。先端の抉れた場所まで含んだところで、高柳は「あっ」と高い声を上げる。

「やだ……そこ、じゃなくて、もっと奥……」

「奥に挿れたら、すぐに達くだろう？　だから、しばらくここで感じてろ」

ティエンは己の先端が、腹の下辺りを刺激するように腰の角度を変えた。

「あ、あ、あ……っ」

そのまま、浅く突き上げ続けると、高柳の口からそのリズムに合わせた短い声が上がる。ティエンが腰を引くたび、彼自身に纏わりついた縁が捲られるような感じがする。小刻みな律動から、擽ったいようなむず痒いような刺激が、腰からじわじわと拡がっていく。

高柳自身はいまだティエンの指に封じられたままで、行き場を失くした悦楽が、強い脈動として体の中で暴れている。

「や、ティエン……手、放して、も、達かせ、て」

「まだだ」

ティエンは唇を啻め上げ、はっきりと浮かび上がる高柳の腿に潜む『龍』の化身に、空いている手を伸ばす。指の腹の触れる感覚で、高柳は腰を大きく弾ませる。

その刹那、ティエンの手が猛った欲望から外れ、溜まりに溜まっていた欲望が一気に迸った。

「あ、あ……ああああ……っ」

高柳自身、予想していなかった突然の射精に、何も考えられなかった。飛び散った蜜が、高柳の腹や足だけでなく、ティエンの着ている物を汚す。ティエンは無表情で己の頬についた汚れを拭っていく。

「……ご、め、ん……」

謝ろうとするものの、消えない射精の余韻に、舌が思うように動かずに言葉が出ない。たった今、解き放ったばかりの高柳自身はいまだ小刻みに震え、愛液を溢れさせ続けている。

「まだ、止まらない……ずっと、達、ってる……どうしよう。気持ち、よく、て……」

頭の中が真っ白で、中心部分が痺れているような感覚。射精したときとは異なる感覚に、溢れる涙を無造作に手で拭う。ティエンはその手を摑んで、甲に自分の唇を押しつけてきた。

チュッ、という音に視線を向けると、次に指を嘗められる。最初に人差し指、次に中指。一本ずつ丁寧に爪の先からつけ根まで嘗めながら、手首の浮き上がった血管に添って舌は肘まで移動した。

ざらついた舌の感触に、肌がざわついた。皮膚の細胞ひとつひとつに舌の突起が覆い被さってくる様子を想像したら、一瞬鎮まっていた体がまた疼いてきた。

「気持ちいいか?」

ティエンはゆっくり己を引き出し、同じだけゆっくり再び高柳の中に入ってくる。ティエンに纏わりつく内壁を擦り上げられることで生まれる熱が、小さな刺激となって腰の奥からじわじわ全身に広がっていく。

「ま、た……」

ティエン自身を失わないように、内腿に力を入れる。無意識にぎゅっと締めつけても、その締めつけに抗うようにしてティエンは体を引いた。

「ティエン……意地悪しないで」

「意地悪なんてしてないだろう?」

指を嗜められるままの高柳は、潤んだ瞳でティエンを見上げる。額に下りた前髪が、少しだけ猛々しさを感じさせながらも、まだ表情には余裕が滲んでいる。

小刻みな律動を繰り返すティエンは、目いっぱい怒張している。そんな状態で己をコントロールする自制心は、憎らしいほどだった。

(むかつく)

快楽に溺れそうになりながら、高柳はぐっと腹に力を入れて、ティエンの腕を摑んで上半身を起き上がらせた勢いで、ベッドに仰向けに横たわるティエンの膝の上に乗っかった。

かなり無理やりだったせいで、さすがにティエンも辛かったのか、微かに息を呑む。

「お前、無茶しやがって」

「ティエンが、早くしてくれないから」

ティエンの頭の横に手を突いて、ゆっくり自ら腰を沈めていく。

ず……っと、内壁を擦りつつ、ティエン自身が己の体内に飲み込まれていく。強くなる圧迫感と脈動に、背筋がぞくぞくしてきた。

「ティエンが、入ってくる」

この感覚は他にたとえようがない。

何度抱き合っても変わることなく、強烈な快感が生まれる。

ティエンに貫かれている。

ティエンを銜え込んでいる。

一方的に抱かれているのではなく、高柳自身、ティエンを抱いている。抱き合っているという充実感に、体も心も満たされる。

「気持ちいい……」

自分のペースで腰を上げ、腰を下ろす。散々煽られていたおかげで、高柳の体はすっかり準備が整っている。

浅ましいほどに収縮を繰り返すそこは、ティエンが入ってくるたびに、ぎゅっと締めつけ、逃げていこうとすると必死に追いかける。それによって生まれる悦楽が、やっと解放された高柳自身へ伝わる。

いやらしく先端を濡らし、腰を動かすたび高柳自身も大きく揺れる。トロトロに溢れた蜜が、開かれたシャツの間から見えるティエンの鍛(きた)えられた腹を汚す。臍(へそ)に溜まる白濁した液のいやらしさは、目からも高柳を煽ってくる。

「あ、奥、のとこ、まで……ティエン、がくる」

快感のせいで、腰の動きが鈍くなる。ただ勢いのまま上下させるのではなく、ねっとりとティエン自身を味わうように淫らな動きへ変わる。

より強く、より深く、ティエンと繋がるために。

「いやらしいな、智明」

ティエンは高柳の腰から、内腿までを掌全体(てのひら)で撫(な)でる。自分の上で必死に快感を貪(むさぼ)る淫らな姿がなんとも愛しい。

「いやらしい、僕は、嫌い？」

ねっとりと濡れた視線を向けてくる高柳は、屋台で美味い料理に喜んでいた姿とはまるで違う。

いや、ある意味同じか。いずれも幸せそうな表情を見せているという点では一緒だ。

「嫌いなわけがないだろう。むしろ……」

高柳の頭に手を置いて引き寄せ、耳朶を甘く噛みながら続きの言葉を告げる。

「大好物だ」

唾液で濡れた舌で耳殻(じかく)をたっぷり嘗め上げられた高柳は、大きく背筋を弓(ゆみ)なりに反(そ)らした。

ビクっと大きく震えてすぐ、堪えられずに射精を果たす。

「堪え性がないな。もう達ったのか」

ティエンが起き上がろうとすると、昂った体を抑(おさ)えられないのか、高柳は痙攣(けいれん)したように腰を震わせる。

「まだ足りない」

ティエンの胸元に顔を擦(す)り寄せ、頬を撫でる。高柳は指一本ずつで温もりを味わい、唇をなぞる。

「もっと……欲しい」

両頬を両手で覆い、舌を伸ばす。ぺろりと唇を嘗め、視線で誘う。

「僕の中、ティエンでいっぱいにして」

最高に甘く、淫らな誘い。

「ホント、しょうがないな」

腰に絡みつく太腿を抱えるようにして、高柳の背中をベッドに押しつける。腰を高く掲げ、上から穿つようにして、己の欲を突き立てていく。

ぐ、ぐっと、楔を打つようにすると、これまでになく深い場所までティエン自身が進んでいく。

「すご、い……深、い……」

ひとたび貫かれるたび、脳髄が刺激されるような感覚が生まれる。これまでに数える程度しか味わったことのない、苛烈な快感。奥の奥までティエンを銜え込むことで辿り着く場所。先端が抉って、抉られた先に訪れる、頭の中が真っ白になるほどの悦楽。

「ティエン……ティエン」

そこへ辿り着きたいと思うのと同じだけ、自分がわからなくなるほどの快感を怖いとも思う。でも自分だけでなく、ティエンにも至上の快楽をもたらすことを高柳は知っている。

「そこ……ティエン……ティエン……」

「ここに、欲しかったんだろう?」

高柳の望みに応じるべく、ティエンはゆっくりと強いストロークを続ける。一気にではなく、じっくり、そして確実に。

何度かノックするように進むことで、そこはティエンの侵入を許す。

ぐっと進んだ先端を、導くように吸い上げてくる感覚に、ティエンが小さく舌打ちする。

「やばいな、お前の体」

高柳の足を抱え直し、立てた自分の膝に置いた状態で、さらに深く腰を突き上げた。

「あ……っ」

無防備に体を開く高柳の腹が震える。膨らんだ乳首を中心に、真っ赤に染まった肌の上で、滲んだ汗、先ほど高柳自身が解き放った欲望が混ざり合う。

淫らで淫靡な肢体に、ティエンも誘発される。

「く、そ……っ」

「ティエ、ン……そ、こ……いい、ダメ……や、だ」

「いいのか、ダメなのか、どっちだ」

ティエンは高柳の言葉にぺろりと唇を嘗め上げ、大きく息を吐く。

「いい……すごく、気持ちいい……ティエンは？」

「俺もいい」

「だったら……僕の中、で、達って……」

高柳の言葉に応じるように、ティエンは一際強く腰を突き立てる。

体の最奥が、ドクンと強く脈動するのに合わせるように、きゅっと収縮した高柳の中で、ティエンもまた解き放つ。

熱いものが体の中に広がるのを感じながら、高柳は意識を飛ばした。

4

「智明」

頰をぺちぺちと叩く感触で、高柳は一瞬で目を覚ます。

「お腹空いた」

目も開けず、頭から布団の中に再び潜り込みながら漏らした言葉に、枕元に立っていたティエンは苦笑する。

「朝飯、食いに行くんじゃなかったのか？」

「行く。行きたい。店、ピックアップしてある」

高柳は未だに布団の中で背中を丸めている。

「そう言ってたから起こした。どうする？　十時半を回ったところだ。今ならまだ朝飯兼昼飯に間に合うだろう？」

その言葉で、高柳は勢いよく布団をはねのけ起き上がった。

これまでになく濃厚な昨夜の情事のあと、高柳は一瞬、完全に落ちた。しかしティエンが体からいなくなるのと同時に意識を取り戻し、半ば朦朧とした状態で、ティエンに引きずられるようにして風呂に入った。

だが覚えているのはそこまでだ。

次に気づいたときは今、ティエンに起こされてもすぐには自分がどこにいるのか理解できなかった。

（いつベッドに入ったんだろう……）

懸命に記憶を辿ってみても、思い出せそうになかった。

胸元や内腿を中心に、ティエンのつけた情事の跡が広がっている。

さすがに昨夜の濃厚な情事はある程度覚えている。自分から積極的に仕掛けたことも記憶している。今さら恥ずかしがることもないが、箍が外れたのは久しぶりだった。

「ごめん」

「謝る必要はないだろう」

「ティエン。僕のパンツ取って」

ティエンは表情を変えることなく、ベッドサイドに置かれていた高柳の下着を手に取る。

昨夜、風呂から上がったら着替えるようにと、ティエンが用意しておいたものだ。

当たり前のように手だけ伸ばしてくる高柳に、ティエンもまた躊躇なく手にしていた下着を渡す。

「眠い」

高柳は大きな欠伸をする。

「眠い。怠い。腰痛い」

本気で文句を言っているわけではない。ただ、言いたいだけなのだ。

「俺が悪いのか？」

わかっていてティエンが尋ねると「悪くない」と高柳は否定して、はっきりと目を開け、その場にむくりと起き上がる。

そしてボクサータイプのストライプの下着に足を通すと、「とう！」と掛け声をかけて、ベッドから一息に飛び降りる。

腰が痛いと言ってたのは嘘なのかと問いたくなるほど元気だ。Tシャツを身に着け、デニムに足を通し、そのまま洗面所に向かった。扉を開け放っているため、ジャブジャブと顔を洗う音が聞こえてくる。

「ティエン。頭、後ろ、跳ねてない？」

洗顔の途中で、高柳は洗面所から己の髪の確認を取ってくる。

「大丈夫だ」

ろくに確認していないものの、ティエンは自信を持って応じる。

高柳の髪は柔らかく指通りもいい。多少の癖がついても、軽くブラッシングすれば柔らかいウェーブになるだけだ。

ろくにセットもせず、ラフな格好をしていると、学生と言っても十分通用するだろう。そして昨夜のような、独特の高柳の艶など、誰も想像し得ないに違いない。もちろん、高柳の情事の相手はティエン以外、存在しないのだから、他の誰かが知り得るはずもないのだが。

(昨夜の智明も最高だったな)

改めて情事の余韻に浸るティエンの満足気な様子など知る由もなく、高柳はドタバタと出かけるための支度を済ませていた。

「ティエン、何してるの？　ぼやぼやしてたら置いて行くよ」

「待ってくれ。すぐに行く」

麻のシャツの襟元のボタンを留めたティエンは、起こしてやったのは誰だと思いつつも、寛大な心で、高柳の言葉を平然と受け入れた。

朝食に高柳が選んだのは、ベトナムの国民食とも言えるフォーだ。ホテルからほど近い裏路地の屋台の店に、地元民と混ざって座る。

日本でも良く食べられているという、鳥や牛の出汁で食べる米粉を使った平麺料理だ。

「ハノイとホーチミンだと味が違うらしいんだ。南部はちょっと甘めの味つけらしい。で、野菜をたっぷり加えるんだって」

高柳は隣に座った初対面の相手におススメを聞き、それを注文する。ほどなくして目の前に出された麺を前にすると、幸せな気持ちになる。

「ぼんやりしてないで早く食べて。次があるから」

「次？」

ティエンは美味いスープを啜りながら、怪訝な表情を見せる。

「今日はホーチミン観光するつもりなんだ。でもその前にバインミーを食べる」

軽めのバゲットにハムや野菜を挟んだ、いわゆるサンドイッチだ。どこでも食べられるように思うが、「現地で食べる」ことに意味があるというのが高柳の弁だ。

「まだ食うのか？」

「食べるよ。当たり前。フォーは朝食。次は昼食」

何が「当たり前」なのかはよくわからないのかもしれない。高柳のペースに合わせてティエンもまたフォーを食べ終える。そして、今度はバインミーの屋台へ移動する。

そこへ向かうまでの道に、いくつもバインミーを扱う屋台があった。しかし高柳はそれらには目もくれない。

普段はよく知った道でも迷(まよ)う癖に、なぜか食べたい物があるとき、高柳は迷子にならないことが多い。

動物のように、匂いを嗅ぎ分けているのかと思うが、ベトナムもホーチミンも初めての場所だ。それで匂いを嗅ぎ分けるわけもないから、美味い物を食べたいという強い執念(しゅうねん)が、高柳を店まで導いているのかもしれない。

躊躇なく歩いていく後ろをついていくと、無事に目的の屋台に辿り着いたようだ。見た目、他と何がどう違うのかわからないが、大勢の人が周辺でバインミーを頬張っている。

どんな店か知らずとも、この店が美味いのだろうと予想できた。

「中入って買ってくるから、ティエン、そこ座って待ってて」

空いている椅子(いす)を示し、高柳はテキパキとティエンに指示をして屋台の前にできている行列の後ろに並びに向かう。

ティエンは手持無沙汰(てもちぶさた)に待ちながら、周囲を眺めていた。

バインミーに合わせて飲んでいるのは、いわゆる「ベトナムコーヒー」だ。練乳(れんにゅう)をたっぷり入れたグラスに、独特の方法で抽出(ちゅうしゅつ)された濃厚なコーヒーを注(そそ)ぐ。ガイドブックやインターネットの記事を参考に、何が合うかを散々検討(けんとう)した。

十分ほどして、高柳はコーヒーを二つと、バインミーを二つ載せたトレーを手に、ティエンの元へ戻る。

トレーに載せた巨大なバインミーに、ティエンはさすがに目を見開いた。

「俺も食うのか？」

高柳は「もちろん」と応じる。

「とりあえず、一口でいいから味見してみて。どうしても無理そうだったら僕が食べる」

つまり高柳は、いざとなったら二つ食べるつもりでいる。だが、実はそんなに心配していない。

（厳選に厳選を重ねて選んだ店のだから、まずいわけがない）

高柳はバインミーと、それに合わせたコーヒーをティエンの前に置いた。じっと見つめていると、ティエンは嫌そうにコップに手を伸ばす。

「甘……」

一口飲んで、すぐに眉間に皺を寄せた。予想通りの感想に、思わず高柳は笑ってしまう。

「そりゃ、甘いよ。練乳が入ってるから」

わかっていても、この国の名物をティエンに飲んでもらいたくて買ってきたのだ。高柳の気持ちがわかっていて、ティエンも飲んでくれた。まあ、結果は予想通りだが。

高柳は大きな口を開け、ハムや野菜がたっぷり挟まったバインミーにかぶりつく。

「……ンまい！」

ろくに味わっていなくてもわかる。

「マジで美味い……なんだ、これ」

元々大きな目をさらに見開いて、最高に幸せそうな表情でバクバクとバインミーにかぶりついていく。その様子を見ていると、大きさに躊躇していたティエンも、「そんなに美味いならちょっと食べてみるか」と思えたのだろう。

まずは、一口。

咀嚼(そしゃく)して、二口。

そして、三口。

「どう？」

あっという間に半分以上を食べた高柳の視線に、ティエンは若干(じゃっかん)気まずそうな顔になった。

「ダメ？」

「いや……美味い」

その感想に「でしょ」と高柳は満面の笑みで応じる。

バゲット、野菜、ハム。シンプルな食材を合わせただけなのだが、使われているドレッシングかソースがものすごく食欲を刺激する。日本でも流行っているのがわかる。

ものすごく後を引く。

だから、ティエンもどんどん食べ進めていく。

「全部、食べられそうだね」

高柳の指摘で、ティエンは自分がほぼ全部食べていたことに気づいたようだ。

「このバインミーに、このコーヒーが合うでしょ？」

ティエンは小さく息を吐く。

「お前と一緒にいると、確実に太るな」

「安心して。僕はティエンのお腹が出ても愛せる自信ある」

「勘弁してくれ」

指についたソースを嘗めながら見上げると、ティエンは諸手を挙げて降参してきた。

バインミーを完食すると、昨日ホーチミンに着いてすぐにそぞろ歩きしたドンコイ通りへ戻る。

昨夜訪れたときと客層は異なるものの、変わらずに目抜き通り周辺は大勢の人で賑わっている。

「ティエンは来たことのある場所だろうけど、一通り観光したい。つき合ってくれる？」

「もちろん。ベトナムには何度か来てるが、ろくに観光なんてしてないからな」

「だったら、あちこち連れ回してもいい？」

「ああ。案内してくれ」

「やった！」

自由な時間は残念ながら限られている。

高柳はところどころ雑貨や家具の店を覗きつつ、通り沿いにある、十九世紀から二十世紀にかけてフランス統治下時代に建築された、フレンチスタイルのレトロ建築を見て歩く。

「ここは、赤レンガの外観と二つの尖塔が印象的なネオゴシック建築の聖マリア教会。あそこはかつてオペラハウスに使用された市民劇場。今はアクロバットチームのショーやダンスショーを公演してるんだって。あそこは、アーチ状の天井が美しい中央郵便局。パリの駅舎をモチーフにしたんだって」

まさに観光ガイドよろしく、高柳はつらつらと説明をする。

「よく調べてるな」

「そりゃね。一応、出店するかもって話があったから、下準備は完璧にしておいたんだよ」

高柳はドヤ顔で言ってのける。

「名物料理と観光地を調べるのが下準備か」

「そうだよ」

　当然だと高柳はつけ足した。

「他の人のやり方は知らないけど、僕はその土地を知るためには、食文化を調べるのが一番だと思ってる。ウェルネスみたいな流通チェーンなら余計に、国民性を知るのが何より重要だというのが持論」

　高柳が言うと、どこか観光ガイドのような発言だが、それで実際、いくつもの大きなプロジェクトを成功に導いてきた。具体的な根拠はないものの、高柳なりのノウハウには、表向きの言葉の裏に深い意味が含まれている。

「で、ベトナムの土産は何がいい？」

「誰に買うの？」

「自分の記念」

「うーん。残念ながら、僕のお薦めの中にティエン向きの物はない」

「なんだ、それは」

「陶器とか雑貨とか、興味ないだろう？」

　高柳は肩を竦め、目に入った店を指差した。カラフルでポップな外観の店は、いかにも女性好みだ。

「ハノイの郊外のバッチャン村で作られてる陶器、バッチャン焼きっていうんだけど、それが人気なんだ。ホテルの部屋にあったコーヒーカップ。覚えてる？　あれがそう」

「ああ」

コロンとした、手に収まる丸みのある素朴な陶器を思い出す。

「ホーチミンだと、ソンベー焼きが有名。どっちも素朴な感じ」

近くの店に置いてある他の陶器を示す。ティエンの目にはどちらも同じ陶器にしか思えないが、高柳はその違いについて熱く語る。雑貨や家具も同様だ。よくそこまで調べたということまで詳しい。

「ウェルネスの主要ターゲットは女性だから、どうしてもそっちを中心に調べちゃう」

平然と高柳は言ってのける。

「もちろん、百パーセントじゃないけど、女性目線は重要。何が『可愛い』か。何が『擽る』か。世界的なマーケティングとは違う、そういった細かい気遣いが、将来的な差になると僕は思ってる……。ヨシュアには理解されなかったけど」

つけ足したぼやきに本音が混ざる。

高柳の中で、ほぼ結論は出ている。にもかかわらず、時折頭をかすめるヨシュアの存在に、心をかき乱される。

だから頭を左右に振って、仕事に関する思考を追い出す。

「それならとりあえず、コーヒーカップのセットを買っておくか」

「なんのために？」

「これから一緒に住むなら、食器、必要だろう？」

ティエンは当たり前のように言って、高柳の希望を聞きつつ、コーヒーカップセットだけでなく、食器一式を購入した。

だが、いざどこへ送ろうかと考える。行き先をどこにするか。

「フェイのとこにする？」

つまり香港のティエンの実家、黎本家だ。

「下手に送ると拗ねそうだな」

「確かに……。新居用だと知ったら、フェイも一緒に住むって言いそう」

フェイロンが一緒に住むこと自体、高柳は嫌ではない。もちろん、可能なら一緒に住みたいとすら思っている。

だが彼の立場を考えると、そう簡単な話ではない。

結果、とりあえず送付先は改めて連絡することにして、店に取り置きを頼む。

「で、このあとはどうする？」

レトロな雰囲気のカフェでティエンが尋ねる。

ティエンの前には、先ほどバインミーとともに飲んだ、練乳入りのベトナムコーヒー。高柳は、チェーというベトナムのスイーツを食していた。

「ティエンも食べてみる？」

細いグラス状の入れ物の中に、色とりどりの果物や寒天、甘く似た芋が入った中に、冷やされたココナツミルクとクラッシュアイスが添えられている。

「日本だとかき氷みたいな感じ。韓国のパッピンスに近いかな。香港でも最近お店増えてるらしい」

楽しそうに隣の女性たちが食べる姿を、高柳は同じく楽しそうに眺めている。

「温かいのも美味しそうだな」

「食べたいなら、頼めばいいだろう」

「そういうのとは違う！」

ティエンの提案を高柳は否定する。

ちなみに目の前にあるチェーを選ぶまでに、高柳は優に十分はウィンドウの前で時間を費やした。そうしてやっと決めたオリジナルチェーだが、まだ悩み足りなかった。

温かいチェーは、日本のぜんざいや汁粉のような味わいで、冷たいものとはまた異なる。ティエンの言うように、もう一つ頼めばいいというのはもっともなのだが、それだとなんとなく負けた気がしてしまう。

今、目の前にあるチェーが、今日の高柳の最高の組み合わせだという気持ちが揺らぐのが、なんとなく悔しい。また次に食べればいいと、ティエンならあっさり言うに違いない。

「俺にはわからないが、ひとりで悔しがってろ」

「言われなくてもそうする」

高柳は己の複雑な心境を、ティエンに理解してもらおうとは思わない。それこそ無駄な努力だ。

「それで、どうする?」

改めてティエンが問う。

「できれば水上人形劇を観たいんだけど」

元々ベトナム北部の伝統芸能である水上人形劇は、農閑期に、豊作を祈願したり、農村の日常を面白可笑しく表現している。

ホーチミンにも唯一劇場があるのは調べていたが、開演時間は夕方だ。ファムとの食事には、ぎりぎり間に合うところだった。

だが――、高柳はスマホの画面を眺め、眉の形をハの字に変えた。

「どうやら、そうはいかないみたい」

肩を竦め、スマホの画面をティエンに向けてくる。そこには梶谷からのメールが表示されていた。

「ホーチミンにさっき到着したから、このあとホテルに向かうらしい」

「それで？」

「七時にロビーで待ち合わせしようって」

高柳は「あーあ」と大きなため息を吐いた。

「『きよ水』の寿司、食べられないのかぁ」

「ファムも一緒とは書かれていないいんだろう？」

「一緒じゃないわけないでしょ……。そういえば、ファムさんがお寿司を一緒に食べる予定だったのは、誰だったんだろう」

元々一緒に行く予定だった人がキャンセルしたため、高柳を誘ったと言っていたのだ。

誘いを受けた段階では、ファムと梶谷は繋がっていなかった。

だが今は違う。

梶谷が高柳に会わせようとしている男が、何者なのか。その男が何を意図していたのか。

色々気になることが出てきてしまう。

「そう言いつつ、ある程度の調べはついているんじゃないのか？」

「一応は」

仕方なくホテルへ戻ることにする。その前に、昨夜オーダーしたアオザイを受け取りに行くべく、高柳はティエンとともにカフェを出る。

肌に纏わりつく、ねっとりとした空気が、高柳の今の気持ちを表しているように思えてしまう。

「でも、あくまで資料で目にしただけだから。直接会うのに、真偽のはっきりしない噂に近しい情報は邪魔になる」

至極真っ当な高柳の発言に、ティエンは内心で感心していた。もちろん高柳を侮っていたわけではないが、一瞬で仕事に切り替える姿を目にすると、高柳という人間を見る目が改めて変わってくる。

「フェイと合流したら、ダナンを堪能したあとで、ハノイで観ればいいだろう。あっちが本番なんだろう?」

ティエンの提案に、落胆していた高柳の顔が一気に晴れやかになっていく。

「うん、そうだ。君の言うとおりだった」

高柳は初めてその事実に気づいた。

「まだフェイが何日ダナンに滞在できるか連絡ないけど、それ、ありだ。楽しみ。フェイも喜んでくれるかな」

元々ダナンという行き先も高柳が勝手に決めた。それにフェイロンと侯が乗っかってくれただけだ。

もちろん、フェイロンは高柳と一緒にいられるだけで喜んでくれるだろうとは思うものの、ダナンやベトナムを楽しんでくれるかどうかはわからない。

「そんな顔するな」

ティエンは高柳の髪をくしゃりと撫でつける。

「あいつは他の誰より、お前と一緒にいられるのが幸せなんだ。どこだろうと、お前が一緒なら大喜びするに決まってるだろう」

「そうかな」

好かれている自覚はあっても、少しの不安がよぎる。

「心配なら電話してみればいい」

ティエンがそう言った瞬間、高柳のスマホがメールの着信を知らせる。なんだろうかと画面を見た途端、高柳は笑ってしまう。

「フェイからか」

「なんでわかるの？」

「そりゃ、今の話の流れからしたら、あいつ以外に考えられないだろう？」

確かにそうだが、でも本当にフェイロンからこのタイミングでメールがあるとは想像もしていなかった。

高柳は届いたフェイロンからのメールに幸せな気持ちになる。

『会いたい』

写真つきの、ただそれだけのメッセージで、高柳は元気をもらった。

「僕も会いたいよ、フェイ」

画面に向かって告げた高柳は、急いで文章でもフェイロンに返信する。

「俺の励ましより、フェイロンからの一言のほうが嬉しいらしいな」

「そりゃ、なかなか会えないから」

高柳は当たり前だと言わんばかりにティエンに返した。

「『今から、オーダーしたアオザイを受け取ってくるところ。ダナンで着るね』、送信」

と、間髪いれずに電話がかかってきた。

「うわ、フェイ？」

慌ててテレビ電話ボタンを押すと、画面いっぱいにフェイの可愛い顔があった。

着実に成長していて、ただ可愛いだけというより、少年ぽさも感じられるようになってきた。

そんなフェイが、なんだかものすごく文句を言っている。『あー』だとか『うー』だとか。

「ちょ、何。フェイ。怒ってる？」

何事かと隣から覗き込んでくるティエンに、高柳は助けを求める。

「怒ってるっていうより、なんか訴えてないか？」

「訴えてる？　何か欲しいのかな」

高柳が尋ねると『だー』と大きく頷いていた。

「もしかして……フェイも、アオザイ欲しい？」

『ホシイ。オナジ。ホシイ』

単語を繋げただけの会話でも、言いたいことは伝わってきた。

「同じのは難しいかもだけど、フェイに似合うの探しておく」

そう伝えると、フェイの表情がやっと笑顔になった。

高柳は昨日オーダーした店へ向かうと、自分の服を受け取ってすぐに、フェイロンに合う生地を探す。

ティエンにフェイの好みを聞いたところで埒が明かない。だから店員にフェイロンの写真を見せて合うだろう色と、生地や型を選んでいく。

「この色なら、お客様の隣に並んだときに、統一感が出るかと」

高柳は実際に自分の選んだ生地と、店員に勧められた生地を横に並べてみた。頭の中でフェイが着ている姿を想像してみたら、不思議なほどしっくりきた。元々、香港生まれだ。チャイナ系の衣装が似合うに決まっているが、これまで一度も民族衣装の類を着ているところを見たことがなかった。

「いや、何かの儀式のときには、着せられていたはずだ」

「嘘。知らない。初耳、それ」

「なんでカタコトになってるんだ？」

「フェイが儀式でチャイナ服着たってホント？　儀式って、何」

「黎家当主に伝わる、三歳になったときに龍神に祈りを捧げる儀式じゃなかったか。よく覚えてないが」

「そこはちゃんと覚えておいてよ！」

高柳はオーダー用紙に必要事項を記入しながらも、しっかり聞きたいことをティエンに確認する。

「写真、持ってないの？」

「俺が持ってるわけないだろう。ゲイリーか先生に聞けばあるんじゃないか？」

「わかった。ダナンで確認する」

「すぐに聞かないのか？」

「まずは、僕の選んだアオザイ姿を堪能してからにする。そっちの服が似合ってたり豪華(ごうか)だったら悔しいから」

黎家の儀式のための装束(しょうぞく)なら、豪華に決まっている。今の高柳にそれだけのものは揃(そろ)えられないし、フェイロンにも必要ない。あくまで、リゾート地で現地の民族衣装を身に着けて雰囲気を味わうためだけなのだとわかっていても、それはそれ、これはこれだ。

「フェイのアオザイ姿を見られると思うと、それだけでベトナムに来た甲斐があった！」

「その発言、梶谷が聞いたら嘆(なげ)くな」

「しょうがないよ。ホントのことだから」

あっさり言い放つ高柳がどこまで本気なのか、ティエンにもわからなかった。

5

「高柳(たかやなぎ)！　ティエン！」

アオザイ店で余計な時間がかかってしまったため、ホテルへ戻るのが予定より遅くなってしまった。

そのため、ロビーに到着するやいなや、待ちかまえていたのだろう、梶谷(かじや)が走り寄ってきた。

眼鏡(めがね)姿で禁欲的(きんよくてき)な雰囲気(ふんいき)を醸(かも)し出す、一分の隙(すき)もない典型的なエリート然とした梶谷英令(かじやひではる)は、ウェルネス法務部に所属(しょぞく)していた国際弁護士(べんごし)だ。

現在はニューヨーク州に事務所を構え、ウェルネスとは弁護士契約を交わしている。同時に、レオンのパートナーでもある梶谷は、その体にレオンの描(えが)いた何かを抱えているらしい。

あくまで伝聞にすぎないのは、実際に何を描かれているか見せてもらっていないからだ。腕や足などではなく、簡単に人目につかない場所に刻(きざ)んでいるのが、なんともレオンらしいとも言えるが、それを梶谷が許した事実が、高柳には何よりも興味深い。

レオンの刺青(いれずみ)の入れ方を知っているからこそ、理解し合えるものがある。

高柳も、ティエンと出会う前にレオンの施術(せじゅつ)を受けていたらと考えると、無意識に腰の奥が昂ってくる。だが、ティエンに出会わなければ、そもそもレオンに出会っていないのだから、運命とは不思議なものだと思う。

スーツ姿の印象が強い梶谷だが、さすがに暑いベトナムでは、リネンのシャツにチノパンというラフな格好だった。

「お久しぶりです。梶谷さん」

「そんな、堅苦しい挨拶はやめてくれ。それよりも、せっかくの休みのところ、無理を言って申し訳ない」

「いいえ。元々ベトナムに来る予定だったので構いません」

梶谷もそれがあるからこそ、ベトナムで会うことを提案してきたのだ。

高柳は年上かつ大学の先輩でもある梶谷には、丁寧に応対する。

梶谷もかつては、年下の高柳相手に敬語を使うこともあった。しかしここ数年の濃密なつき合いを経てようやく、フランクな口調で話してくれるようになった。

「それから、レオンが失礼なことをしたようで、申し訳ない」

周囲を気にするように、続けられた言葉は小声で紡がれる。具体的に何かを言われなくても、高柳もティエンも了解している。

「僕は大丈夫です。梶谷さんがたっぷりお灸を据えてくれてるんですよね？」

「それはもちろんだが……」

「もしかして今回の件、それがあったから、とかですか？」

高柳は具体的なことは何も言わず、でもあえて意味ありげに梶谷に問いかけてみる。と、梶谷は高柳が何を言わんとしているか理解したらしく、微かに眉を下げた。

「まあ――、否定はしきれない」

やはりそうなのか。だからこそ梶谷は、ヨシュアと会う『前』の日程に予定を組んできたのだ。

「だが正直に言えば、タイミングがあっただけにすぎない。それに、実際君にとって良い話かどうかもわからないから、詫びになるかどうか怪しいところだ」

梶谷は言いながら眉を顰める。

「そっか。なら、いいです。美味しい物、食べさせてもらえるんですよね？」

「それはもちろん」

即答だ。高柳の操縦方法を心得ている。

「それで、ファムさんとはその後連絡ついたんですよね？」

「ああ。運のいいことに、このホテルに泊まっているらしく、先ほど直接顔を合わせられた」

「梶谷さん、ファムさんとは面識あるんですか？」

「以前、ニューヨークで何度か仕事をしたことがある」

「ふうん」

人となりを知っているうえで高柳に紹介してきた——、ということ。

「とはいえ、実は私が一緒に仕事をした当時は、彼は社長である父親の代理、という立場だった。今は彼自身が実質的な企業の代表なので、少々立場が異なっているんだが」

つまり、梶谷の知っているファムと今のファムは、異なる可能性がある、ということだ。

「とりあえず、着替えてきます。さすがにこの格好で人に会うわけにはいかないので」

「私も一旦部屋に戻る。それでは七時にここで」


「ジャケット着るべきかな」

部屋に戻ると、高柳はクローゼットに掛けてある己の服を眺める。

「正式な会合じゃないし、この暑さだ。ジャケットなしでも問題ないだろう」

「うーん……」

「着たい服を着ればいい。それで相手の出方を見るのもありだろう」

下着だけの格好で、クローゼットの前に仁王立ちする高柳を、ティエンは壁に背を預けて眺めていた。

太腿（ふともも）、脇腹（わきばら）、首筋（くびすじ）――。高柳の肌には、余すところなく昨夜（ゆうべ）の情事の痕（あと）が広がっていた。

「だからって、いかにも観光って格好じゃ、さすがにファムさんっていうより、梶谷さんに申し訳ない」

梶谷という人間が紹介するからには、それ相応の人間だろうと、相手は想像するだろう。見た目と中身は比例しないと高柳は思っているが、非常識な人間だと思われて、最初から見下されるのは不本意だった。

だから、最低限のラインは守りたい。

「お前、本当に、ファムに会うのか？」

「この期（ご）に及（およ）んで何を言ってるの？　会うに決まってる」

高柳は肩（かた）を竦（すく）めた。

「俺が言うまでもないが、絶対に怪しいとわかっているのにか」

「まあ、怪しいけど、梶谷さんの紹介だし。会うだけは会わないと」

「梶谷の奴は、スマホの件は知ってるのか？」

「多分、このあとで認識するんじゃないかな。まあ、財界のトップに立つ人間なんて、普通じゃないに決まってる」

高柳が誰を頭に思い浮かべているか想像できてしまい、ティエンは内心ほくそ笑む。だが、顔に出ていたのかもしれなかった。

「何、笑ってんの？」

「別に笑ってない」

不意の高柳の指摘(してき)に、ティエンは己の口を覆(おお)う。

「誤魔化(ごまか)そうとしても、目が思い切り笑ってる！」

ティエンはポーカーフェイスが得意だ。というより、感情がほとんど顔に出ない。おそらく今も、高柳以外には、笑っていることはばれないだろう。

微(かす)かな眉の角度、視線の方向で、高柳はティエンの感情を見抜く。

そんな高柳にかかれば、言葉をあまり話さないが感情豊かなフェイロンはわかりやすい。むしろ、わからない人がいることに驚(おどろ)かされる。

「それにしても、フェイロン、まさかアオザイ欲しがるとは思わなかったな」

つい先ほどのやり取りを思い出して、つい高柳は笑ってしまう。フェイロンがチャイナ服を着たことがあることにも驚かされたが、アオザイを欲しがるとは思ってもいなかったのだ。

「アオザイが欲しかったっていうより、お前に買ってもらいたかったんだろう」

「フェイが欲しがるなら、お土産(みやげ)じゃなくてもなんでも買ってあげるのになあ」

実際、これまでにも、ちまちまとフェイロンには貢いできた。とはいえ、服は赤ちゃんの頃に買って以来かもしれない。

何しろ黎家の御曹司で、侯や先生が常にそばにいる立場にある。高柳があえて贈らずとも、有り余るほどの洋服を持っているに違いない。高柳自身、服のセンスは悪いし、安物をあえてプレゼントすることに気兼ねしていた。

だがフェイロンは値段など気にしないし、高柳が贈る物なら、どんな物でも喜んでくれるに決まっている。躊躇せずにもっと色々買ってあげればよかった。

いや、これからどんどん買ってあげよう。

「可愛いフェイなら、どんな服でも似合うだろうなあ」

今回オーダーしたアオザイを着る姿を想像したところで、高柳ははっとする。そして先ほど買ったアオザイの入った紙袋に視線をやった。


七時ちょうど。

エレベーターを降りてロビー前に目を向けると、ジャケット姿の梶谷が目に入った。その隣にいた男が、高柳に気づいて顔をこちらに向けてきた。

一瞬、訝し気な表情を見せた直後、高柳の顔を見て破顔する。

「やあ！」

梶谷の肩越しに大きく手を振るのは、間違いなく空港で出会った男だ。

アジア系の顔立ちの、人のよさそうなビジネスマン——。あのときとは異なるものの、仕立てのいい夏用のスーツを身に着けている。

「君が、高柳智明くんか。これはすごい偶然だ。わたしは范伯成、ファム、だ」

大袈裟なボディアクションで驚きを表現する。

「素敵なアオザイだ。君に良く似合っている」

「ありがとうございます」

お世辞だろうとも、相手を褒める言葉を口にできる人は嫌いじゃない。高柳は自分に向かって伸ばされる手を握る。

「高柳智明です。ファムさん」

高柳は手にしていたスマホを差し出す。

「ああ、そうだった。うっかりしていて申し訳なかったね。困らなかったかな？」

「こちらこそ、すみません。まさか同じスマホだなんて、こんな偶然あるんですね」

「まったくだ」

ファムもまたスマホを取り出して高柳に差し出してくる。同じ機種、同じ色のスマホが、二人の間でやり取りされる様を、梶谷はぼんやりと眺めていた。が、すぐにどういうことかを認識したらしい。

「まさか、ファムさんの落としたスマホ……」

「驚いたことに、この高柳くんのスマホと入れ違ってしまっていたんだ」

「え」

梶谷の声音が明らかに変わる。

「ファムさん。貴方……」

「ファムさん。僕、約束、忘れていません」

梶谷が何かを言うよりも前に、高柳は先手を打つ。

「約束って、高柳……」

ファムもほんの一瞬、瞳を曇らせながら、高柳の発言ですぐに事情を察したようだ。

「すっごく楽しみにしてたんです。『きよ水』の予約、キャンセルされてしまいましたか？」

高柳のこの発言は、おそらく想像していなかったのだろう。だがそこで怯むこともなく、高柳のパスをしっかり受け取ることにしたらしい。

「いや。梶谷くんからは、顔合わせをするだけだと聞いていたものの、食事をする話はしていなかった。だから、予約はそのままにしていた」

実際のところどうかは不明だが、これで舞台は整った。

「でしたら、予定通り、ご一緒させてもらってもいいですか」

「もちろ……」

「智明」

二人の会話の意味がわからない梶谷は、口を挟めずにいた。話の流れを見守っていたティエンは、そこでようやく口を開く。

「いいのか？」

「うん。この間話したように、今晩の夕食は別ってことで」

この発言で、高柳の決意は揺るがないだろうことをティエンは理解した。

「食べすぎるな」

「はーい」

二人のやり取りに、梶谷は慌てた。

「食事って、一体どういうことですか」

「『きよ水』って知ってます？」

高柳が梶谷の問いに応じる。

「きよ水……？」

「ホーチミンで有名な、予約の取れないお寿司屋さんなんです。そこにファムさんに誘ってもらってるんです」

その説明で梶谷は事情を把握したようだ。多分、ファムという人間に対する警戒度が急激に上がったのだろう。

「ファムさん。私は待ち合わせの時間しかご案内していませんでしたが、もちろん夕食の場も用意していました。まだお二人の正式な紹介も終わっていません。そんな状況で二人だけで話をするのは……」

「梶谷くん」

穏やかなファムの声に、ほんの少し鋭さが混ざる。有無を言わさぬ強さ、というか。

「私が君に頼んだのは、高柳くんとの顔つなぎ、だけだ。その目的は達せられた。それも、君という仲介がなくても出会えた。この先は直接、高柳くんと話がしたい」

あくまで笑顔で。でも、そこに他人の介在は必要としない。

梶谷とて、怪物と称される表裏の輩と渡りあってきた。レオンはその筆頭だし、ヨシュアもある意味、ファムとは同じ穴の狢だ。そんな梶谷は己の経験から必死に、目の前の男を計っていた。

高柳に危険が及ぶか否か。

もちろん梶谷が必死に助け舟を出そうとしたところで、高柳が最初から拒んでいるのだから、これ以上の手出しはできないのだが。

梶谷は周囲にわからないよう、ゆっくり息を吐く。この場で誰より高柳の身を案じているのはティエンだ。そしてそのティエンは、この状況を理解している。

梶谷が紹介する前に、二人は出会っていた。高柳には自分が紹介する相手の名前を教えていないのだから、ファムから接触した。事前に高柳と同じスマホを用意してまで。

ファムが善人だと最初から思っていたわけではない。むしろ、レオンと近しい側の人間だろうと見ていた。梶谷の認識は間違っていなかった。だが予想以上に闇に近しい人間だったかもしれない。

ただ――、高柳の現状を考えると、そのぐらいの人間でないと、無理なのだ。ヨシュアの掌中から逃れるためには。

だからある程度の危険は覚悟したうえで、紹介すると決めた。高柳に選択肢を与えるために。

ヨシュアは周囲が思う以上に、高柳に執着している。最初の頃は、駒の一つにすぎなかっただろうと思う。もちろん、手持ちの駒の中でもかなり優秀な類だ。その中で彼はめきめき成長した。ティエンとの再会を果たすことで、周囲よりも頭ひとつ、いや、二つぐらい抜きんでた。

高柳という人間が元々持っていた強運が、ヨシュアの予想を超えた。客家の侯、次期の『龍』であるフェイロンという後ろ盾を得たことで、気づけばただの駒ではなくなっていた。

ヨシュアに面と向かって「嫌いだ」と言ってのける人間など、この世にヨシュアの恋人である遊佐以外には、高柳しかいないだろう。

梶谷のように、最低限の接点しか持たなかった駒とは違う。ヨシュアにとってもウェルネスにとっても、高柳は手放せる存在ではなくなってしまったのだ。

高柳自身、それはわかっている。

自分に向けられる期待や責任も理解している。

そのうえで、いまだ悩んでいる。ウェルネスを辞めるといっても、ヨシュアからのラブコールに応えるのは、そのためだ。様々な事柄を天秤にかけたうえで、自分がどうするのが良いかを、最終的に決めかねている。

高柳が悩む最大の理由は、ティエンとの生活にあるだろうことも、梶谷は理解していた。ニューヨークでレオンと長い時間を一緒に過ごすようになった今、別々に過ごす人生はもはや考えられない。

そんな高柳を後押しすべく、梶谷は己のできる手助けをしようと思った。

(毒となるか薬となるか)

いざとなれば、ティエンが黙っていないだろう。そのティエンが許容している以上、ここで自分が何か言うべきではないと、梶谷は判断した。

「――高柳くんは、私にとって大切な友人です。そのことを、絶対にお忘れなきよう」

梶谷は怯むことなく、真正面からファムの顔を見据えた。

「心得た」

「高柳、夕食を終えたらバーで飲まないか。久しぶりに会えたのに、話さずに終えるのはもったいない。明日の夜は君の喜ぶ店を予約しておくから」

「どこですか?」

「内緒だ。だが期待は裏切らない」

微笑みながらの梶谷の発言に、高柳は「楽しみにしています」と応じた。

『きよ水』のカウンターで、ファムと隣合って座る。顔を見ないで話をするのは、表情が見えない分、良くもあり悪くもある。

とはいえ、最初のうちは食事をするのに必死で、交わす話は他愛もない世間話だけだった。

寿司ネタは、日本の寿司屋と変わらない。何を食べてもとにかく美味い。一口一口に、高柳はいちいち感動する。

「あー、美味い！」

「そんなに喜んでもらえると、誘った甲斐があったというものだ」

「スマホ、落としてラッキーでした。まさか同じ機種に同じ色を持っているなんて、予想もしていませんでしたから」

高柳は少しだけ含みを持った言葉をファムに投げかける。ファムは「本当だね」と平然と返してくる。だから高柳はやり方を変える。

『僕のこと、いつから調べてたんですか？』

それまでの英語のやり取りを、ベトナム語に切り替えた。これは成功したらしい。高柳に向けてきたファムは、眉を上げていた。

『なるほど。一筋縄ではいかないんだね、君は』

ファムは肩を竦めた。

『君は、どこまで私のことを知っているのかな？』

『三十代にしてベトナムの不動産王で、タイングループというコングロマリットの総裁だということぐらいです』

『それで十分だ』

ファムは満足気(まんぞくげ)に頷(うなず)く。

「ここから先は腹を割って話をしたいからね。英語に変えさせてもらうよ」

高柳たち以外の客は、地元の人間のようだった。彼らに知られたくない話をするなら、ベトナム語ではなく英語のほうがいいのだろう。

「どうぞ」

高柳もそのほうがありがたい。さすがに細かいニュアンスまで、ベトナム語で説明できる自信はなかった。

得体の知れない相手に、あまり隙(すき)は与えたくない。

「当然、スマホの件も、偶然だとは思っていないんだろうね？」

「下手(へた)なドラマでも、あんな展開ないですからね。よりにもよって同じ機種、同じ色。で、画面ロックなしで中身は空(から)っぽ。疑ってくれと言ってるようなものじゃないですか」

イカも美味い。口にいれたら溶(と)けてしまった。

「それを言うならお互い様だろう？　君のスマホも空っぽだったしロックはかかっていなかった」

「仕事用のスマホですから」

高柳はあっさり真実を明かす。

「……つまり、大切なものは、プライベート用のスマホに詰まっている、ということか」

「ティエンに言わせると僕はかなり『抜けている』らしいんですが、そんな『抜けている』人間でも、プライベートのスマホを落としたことはありません」

「なるほど」

　感心した様子でファムは高柳を見てきた。

「君は知っているかな。ベトナムには、龍の舞い降りる海があることを」

「ハロン湾、でしたよね？」

『ハ』は下りる、『ロン』は龍を意味する。

「ここ、ベトナムの文化と龍は密接な関わりを持っている。王の住んでいた宮殿には、龍に纏わる名称がつけられたものが多い。王のベッドを意味する『ロン・サン』、『ロン・バオ』は王の衣服、龍の車を意味する『ロン・サ』は王の乗る車だ。何よりこの国は龍の形をしていると言われているし、我ら民族は龍の血を引くと言われている」

「竜子仙孫、でしたよね、確か」

　ティエンやフェイロンと出会ってから、龍に興味を持って調べた中にこの伝説があった。

「そう。私はタイングループをより強大かつ、確固たるブランドとして世界へ広げたいと思っている。そのために、天龍を欲している」

　突然、話が飛躍したものの、高柳は驚きはしなかった。

　そういう話になるだろうと、ある程度予測していた。だからこそ、ファムとの食事にティエンは連れてきたくなかった。だからファムに二人でと言われたとき、ラッキーだと思った。

「天龍を手に入れるためには、僕を落とすほうが簡単だと、どこからか情報を仕入れたんですか?」

「否定はしない。だがね、天龍の力も欲しいが、高柳くん、君自身の力も欲している」

　突然に寿司の味が劣化してきたような気がした。

(せっかくの高級寿司なのにな)

「君のことを調べれば調べるほど、君に興味を持った。もちろん、天龍の存在も忘れがたいが、君自身の得ている人脈も素晴らしい。まさか、客家の侯に繋がろうとは想像もしていなかった。もっと手を尽くして調べれば、さらに不思議な縁に辿り着くのではないかと想像しているが、どうかな?」

「さあ、どうでしょう」

　人脈だけで言えば、レオンもそうだし、シンガポールのハリーもそうだろう。だがここであえて自分から言う必要はない。

「私がファムだと知って尚、言動をまるで変えない人間は珍しい」

「僕、この国の人間じゃないですし」

「でも、素性は知っているわけだろう？」

（このぐらいの人間なら、他にも知ってるからな）

内心でそう思ったつもりだが、言葉に出ていたらしい。

「私ぐらいの人間か……。なるほど、やはり面白い」

後半、まったく寿司の味がしなくなっていた。酒も同じだ。せっかく大将が寿司に合う酒を用意してくれていたのに、どれもこれも水のように思えてしまった。

「君は酒が強いね」

ファムには驚かれたが、実際、どの程度飲んだかもよくわかっていない。

「君には不快に思う部分も多かったかもしれない。だが私は本当に、君をわが社に迎えたいと思っている」

会計を済ませて店を出たところで、改めてファムに言われた。そこで初めて、ファムが自分をヘッドハンティングしようとしている事実を理解した。

（ああ、なるほど）

「ウェルネスはもう退社したと聞いている。この先の選択肢のひとつに考えてもらえると嬉しい。結論は急がない。だが私はあまり気の長いほうではないのでね、良い答えを待っている」

ファムはそこまで言って、タクシーを呼び止めて高柳に乗るように促してきた。

一緒のホテルに泊まっているのだから、タクシーに一緒に乗ればいいと思った。だが彼は拒む。

「私の連絡先は君のスマホに入っているからね。いつでも連絡してくれたまえ」

走り出した車を、ファムはしばらくその場で見送っていた。高柳は会釈をしたのち、顔を前に向けた。

「わざわざホテルに泊まる必要はないよな」

高柳との接点を持つため、わざわざあのタイミングで空港にいるよう、国際線に乗っていた。使用しているスマホにホテルも調べられていた。

穏やかそうな表情の裏に潜む闇を想像した途端、高柳の背筋に冷たいものが走った。

6

「まるでストーカーじゃないか」

高柳が戻ってくる前からホテルのバーにいた梶谷は、話を聞いて嫌悪（けんお）を露（あら）わにした。

「そのストーカーを智明に紹介したのは、他でもないあんただろう？」

揶揄（やゆ）するようなティエンの指摘に、梶谷はぐっと言葉を詰まらせる。

「そのやり方を隠匿（いんとく）しないだけましだが」

ティエンはウイスキーの入ったグラスの氷を指で回す。

「ただ、ろくな奴じゃないとは思っていたが、想像していた以上に頭のおかしい奴なことは間違いない」

「ティエン、言いたい放題だ」

「原因は、君がティエンを置いて行ったからだよ」

笑う高柳の鼻筋（はなすじ）に、指を立ててくる。これまでとは異なる、梶谷のやけに艶（つや）っぽい仕種（しぐさ）に、
高柳は瞬間、身動きが取れなくなる。

「レオンもお前も、性質（たち）悪いな。人のモンに手を出すな」

肩から手を伸ばして、ティエンは高柳の体を己の方へ引き寄せる。独占欲丸出しのティエンの好戦的な態度に、梶谷はさすがに少し面食らったようだ。すぐに両手を挙げて降参のポーズを取った。

「レオンはともかく、私は龍の宝に手を出すほど、命知らずじゃないつもりだ」

「獅子にはお前がきちんと首輪つけておけ」

ティエンは呆れたようにつけ足す。

背中から伝わる温もりと肩口に感じる息遣いに、高柳は安堵を覚える。さすがにファム相手に、気を張っていたらしい。

「梶谷さんは、ファムさんのこと、どう見てるんですか」

睡魔に取り込まれそうになりつつ、高柳は梶谷に確認する。

「あくまで、スマホの件を知らずにいたときの話、だが」

梶谷はそう前置きする。

「タイングループが今ほどの規模を誇るようになったのは、ファムが実権を握ってからだ。ニューヨークやロスを始めとする世界進出も始めている。アジアの雄として、他の国に比べてベトナムはまだ発掘し甲斐がある。しかし諸々の制約がある国である以上、指南役が必要となる。ファムほどその指南役に相応しい人間はいないだろう」

「それはわかります」

高柳は梶谷の意見を肯定する。

「二人で話した印象は？」

「正直な人だと思いました。好きか嫌いかを問われると、正直好きではないですが」

高柳は肩を竦める。

「君も十分正直だな」

「それが僕の売りのひとつなので」

本人に自覚はないが、他人の評価が正しい面もある。

「梶谷さんは、ヨシュアに何か言われましたか？」

ずっと頭にあったことを口にする。

「いや。私はウェルネスの人間ではないから」

「第三者の立場から見て、僕はウェルネスに戻るべきだと思う？」

「……どうかな」

少しの間を置いて、梶谷は首を横に振った。

「私はウェルネスを出た人間だ。だから中立というよりは高柳に近い位置にいるつもりだ。そのうえであえて言うなら、完全にウェルネスと手を切るのは勿体ないと考えている」

梶谷は持論を口にする。

「それはつまり、戻った方がいいということですか？」

「ヨシュアという人間をよく知っている君を思えば、それは得策ではないだろう。一旦は妥協し和解したとしても、あの男が変わらない限り同じようにぶつかる。そしてあの男が変わることは、これまでもこれからもあり得ない」

「ってことは、必ずまたぶつかるってことだな」

他人事だと思ってティエンは笑う。

ティエン自身、ずっとヨシュアに助けてもらった恩があり、なんだかんだ頭が上がらない立場にあった。とはいえ、今はティエンがその気になれば逃れることは難しくない。ただ面倒なだけだった。だから自ら退職願を出した。それゆえ、高柳が自分と同じようにウェルネスを辞めること自体に、異議があるわけではない。

ティエンが懸念しているのは、自分が高柳の枷になることだけだ。実際に、当初はティエンの出した退職願を、理由も聞かずにヨシュアが受け取ったことに、高柳は憤ったのだ。そこに、元々溜まっていたヨシュアへの不満が爆発した。

確かにきっかけはティエンだが、そのティエンが言うように、遅かれ早かれ同じ結果を招いていただろう。

「高柳自身は、やりたいことは見つかっているのか?」

「まだ漠然としてはいますが、コーディネーターみたいな仕事が合ってるかなと思ってます」

「コーディネーター?」

具体的な話は初耳だったティエンが、その言葉を繰り返す。

「ヒトとヒトとを繋ぐ仕事がしたい。たとえばベトナムで仕事をしたい人と、ベトナムで仕事をしている人を繋いだり、土地の活用をしたい人に、土地を探している人を紹介したり。もちろん紹介するだけじゃなく、僕も一緒に仕事がしたいです」

「なんとも、君らしい発想だ」

梶谷は感心する。

「ありがちな仕事ではあるが、君の人脈を持ってすれば、その道を極めることも可能だろう。ちなみに、どこで始めるつもりでいる?」

高柳はちらりとティエンに視線を向ける。具体的な話はしていないが、きっとわかっている。

「ここ」

ベトナム。

「……なるほど。私の提案は、ただのお節介にはならなかったということか」

「梶谷さんは未来が見えるのかと思いました。というか、ベトナムがいいと思ったのは、実際、この国に来てからなんで」

アジア各地を飛び回っていながら、縁のなかった場所。独特な国の特徴も影響していたように思う。

それでも、ウェルネスに在籍していたとき、唯一と言っていい、準備をしながらも仕事のできなかった国だ。

かつては、他の仕事に忙殺され、実現しなかった事実を思い出すことはなかった。だからといって、完全に忘れたわけではない。

仕事として訪れることがなかった場所ゆえに、安易に足を踏み入れられなくなってしまった。

「いつか」と思いながら、観光ですら訪れられなくなっていた。

多分、故意ではない。無意識だからこそ、根が深いとも言える。

そういった状況で、「やっと」訪れた場所。似たようなアジアの国は訪れている。だからこそ、そこに「ウェルネス」がないことに気づかされ、同時にかつての無念が蘇ってくる。

高柳自身が失敗したわけではない。チャレンジすら許されなかった。そのもどかしさと虚しさを、痛感させられるのと同時に、「今」できることはあるかという気持ちが生まれてきた。

「お前、そんなにこの国の料理が気に入ったのか?」

真剣な顔をしていた高柳は、ティエンの指摘に目を見開く。この男は何を言うのかと思いかけたところで、ふっと緊張感が抜けていくことに気づく。

「……そう、かも」

「なんだ。自分でも気づいてなかったのか」

ティエンは喉の奥で笑う。

「難しいことなんて考える必要はない。生きていくうえで、何が必要か。お前、いつも言ってるだろう。美味い物食べてれば元気になれるんだから、余計なこと考えないでいいと」

わしゃわしゃと無造作に頭を撫でられると、高柳の柔らかい髪はぐしゃぐしゃになる。

「勘弁して。せっかく、アオザイに合わせてセットしたんだから」

抗議しながらティエンの手から逃れる。

「それで、ティエンはどう思う？」

「ベトナムを拠点にして仕事をすることか？」

「拠点というか、とりあえず何年間かここにいるかもしれないことと、僕のやりたいことに対して」

「お前がやりたいならやればいい」

「そんな突き放した言い方しなくても。このままファムさんと手を組んだり、一緒に仕事をすることになったら、ティエンにも影響あるかもしれないのに」

「そんなの、最初からわかってる」

ティエンはグラスの中の酒を一気に飲み干す。

「突き放してるわけじゃない。俺とお前は一蓮托生だ。何があろうと離れないのは自明の理だ。だったら、お前がすることをしたいようにやればいい。俺の助けが必要ならいつでも言えばいい。お前が危ないときには俺が助ける。俺はお前が何をやろうと構わない。ただ、お前が元気で幸せで、俺の目の届くところにいさえすれば」

紡ぎ出されるティエンの言葉に、高柳の胸が熱くなる。そうだ。ティエンはこういう男だ。高柳はティエンという大きな男に常に護られている。

決して過保護なわけではない。たまに無意識に、彼の目の届かないところに飛び出した結果、危ない目に遭っても、必ずティエンが助けにきてくれる。危機管理能力が欠如していることに、しばしば怒られはするが、それは高柳のためを思ってだ。

高柳が暴走しても、ティエンがいる。

そんなティエンのために、自分に何ができるか。

その答えは今のティエンの言葉の中にある。高柳が笑顔でいること。やりたいようにやっていても許される。

「ありがとう。これでいざとなったら、ファムさんとの取引に、天龍を使える」

「そんな話は聞いてないぞ」

ティエンは目を細める。

「私も。なんだ、その話は」

ファムとのことは、彼がまるでストーカーの如く、高柳を調べ尽くしていたところまでしか話していなかった。

龍、つまりティエン欲しさに高柳を利用していたことを話すと、さすがに二人は呆れたような顔をする。

「そんなことを言われて、よく我慢したな」

「これまで散々巻き込まれてきたから、正直、今さらすぎて」

高柳はあっけらかんと笑う。

「でもまさか、このベトナムでも、龍という存在が大きな意味を持つことはわかってなかったです」

竜子仙孫という言葉は知っていたが、人々の考え方や生活に、根深く龍が溶け込んでいることはわかっていなかった。

「でも、そういうのひっくるめて、僕には合ってるのかなと思ってます。何しろ、龍には愛されてますから」

満面の笑顔の高柳に、梶谷は笑うしかない。

「だ、そうだよ、ティエン」

「天龍だって言ってるんだから、フェイロンのことだろう」

「そんなひねくれたことを言って」

「俺は性根（しょうね）が曲がってるから」

「僕は、曲がってるティエンが好きだよ」

高柳は真顔で断言する。

「ちなみに、いくらベトナムに縁を感じていても、一生暮らそうなんて思ってないから。仕事の方向性が決まるまで、僕の思う理想の仕事が、ある程度形になるまで、腰を据（す）えて取り組みたいと考えているだけ」

その夢の実現のため。

「夢、か」

「スーパーだけでなく、服も映画も博物館もホテルも、全部合わせたモールみたいなものを、一から作ってみたい」

ひとつの物に特化したものではなく。

誰かに言われたものを作るのではなく。

ウェルネスの仕事をしていた中で気づいた。もっと、できることがあるかもしれない。様々なジャンルをひとつにまとめる。高柳のしたいコーディネートの仕事を活かせる。いや、逆だ。こういう仕事をしたいと思ったから、コーディネーターという職業を思いついただけなのだ。

「ベトナムで仕事をするならば、ファムと手を組むのは得策だ。独特な歴史を持つこの国では、下手に動くと己の首を絞めることにもなりかねない。そう言う意味で、ファムは表にも裏にも精通している。だから、ある一定の距離をとることを勧める」

「やっぱりそうでしょうね」

あの温和な表情の裏に潜む毒を隠しきれてはいない。

「そうすれば、ウェルネスとしても手を組める」

「ウェルネスと……？」

「思うところはあるだろうが、利用できるものは利用すればいい。会社という組織に入らず、高柳個人で動くならば、それは可能だし、君と仕事をすることの利点にもなり得るだろう」

「美味しいとこどりにならないのかな」

「美味しいとこどりをしろって、梶谷は言ってるんだろう」

不安に思う高柳にティエンが言い放つ。

「ティエンのいる場所で言うのもなんだが、レオンは高柳がウェルネスを辞めたなら、自分のところで働けばいいのにと望んでいた」

「どの面提げて、あいつはそんなふざけたことを言ってるんだ」

「レオンのところで働くと言われても、僕はタトゥーのことなんて何もわからないんだけどな……」

真剣に高柳が悩んだ表情を見せる隣で、梶谷が「違うよ」と否定する。

「レオンが君を引き抜こうとしたのは、上海のほうの仕事だ」

レオンは表向きタトゥーアーティストとして活躍しているが、元々は上海の実権を握る政財界の実業家だ。実務は優秀な部下たちに丸投げ状態で、ニューヨークに拠点を移してからは、幹部たちから報告を受ける程度になっているらしい。

それでも、企業のトップに李家の『眠れる獅子』がいる、という事実が周囲に及ぼす影響は大きいと聞く。

ある意味、黎家の『龍』に近しい『象徴』としての価値と同時に、レオンは実業家としての実力も相当だ。

「高柳が来てくれたら、幹部たちも喜ぶだろうし、レオン自身、信頼の置ける部下が増えてありがたい、とのことだった」

「そうなんだ……なんか照れるけど嬉しいな」

実際に働くか否かは別にしても、レオンという男に誘われた事実は嬉しい。自分を認めてくれたからだと思える。無意識に呆けた顔をしていたようで、ティエンに額を指で弾かれる。

「痛っ」

高柳は両手で額を覆う。

「何をデレデレしてるんだ」

「デ、レデレなんてしてないし」

「この間のこと、忘れたわけじゃないだろうな。あいつのところになんて行ってみろ、全身、余すところなく刺青だらけにされるぞ」

「そんなこと……」

「それは私も否定しきれない」

ない、と続けようとした横から、梶谷が真顔でティエンの発言を肯定する。

「レオンはことあるごとに高柳を絶賛していた。どれだけ君に施した刺青が素晴らしかったかを自慢するものだから、かつてはしばしば喧嘩になった」

「それはすみません」

高柳はつい謝ってしまう。

「君が謝ることじゃないが……。そういえば、以前から聞いてみたいことがあった」

梶谷はティエンに視線を向ける。

何事かと、ティエンは一瞬身構える。レオンとは何かと関わりはあっても、改めて梶谷と話すようなことはないはずだった。

「君は何を彫られたんだ？　やはり、龍、か。それとももっと違う、何か象徴となるものが現われたんだろうか」

潜められた声の紡いだ言葉にティエンは複雑な表情になった。

そんな窮地を救うかのタイミングで、ティエンのスマホに着信がある。

「ちょっと席を立つ」

スマホを握ったティエンは早口に言うと、隣に座っていた、第三者的立場で聞いている高柳に視線を送ってきた。

「君が代わりに答えてくれるのか？」

それを梶谷は勝手に解釈する。

「あー、うん、っていうか」

バーを出るティエンの背中を見送る。

「ティエンの体のどこにも刺青はないです」

「え？」

予想外だったのだろう。梶谷は、信じられないと言わんばかりに目を見開いた。高柳は梶谷がその事実に驚いていることが意外だった。

「レオンと、古いつき合い、なのに？」

独特な感性の持ち主であるレオンは、気に入った人間にはその本質である『何か』を、その肌に刻みたい衝動に駆られるという。ある意味、彼の周りの人間の体には、レオンに入れられた墨が入っている。

普段きっちりスーツを着込み、ニューヨークで優秀な弁護士として活躍する梶谷も同様らしい。肌には梶谷だけの文様が描かれている。

高柳の体に、レオンの刻んだ龍がいると聞いたときも、梶谷は驚かされるのと同時に強い嫉妬の念に駆られたものの、自分と出会う前の話だと思うことでなんとか堪えた。

レオンの口から、二人の間に体の関係がないことを聞かされても、心の底から信じられずにいた。少なくともレオンが高柳を気に入っているのは紛れもないうえに、つい最近も、誤解されても仕方ないことをレオンはしでかしている。

ここまで来てしまうと、レオンにとって高柳とティエンは特別な存在で、家族にひとしいのだと思う以外になかった。だからといって納得したわけではない。

ずっと心にある棘のような引っ掛かりを、あえて聞いてみようと思った。

「古いつき合いだからこそかもです。詳しいことは聞いたことないですが」

梶谷に、明瞭な答えを提示できない高柳は、曖昧に答えるしかない。

「そう、なのか……」

「前にも言いましたが、僕とレオンさんの間にも、特別な関係はないですから」

改めて高柳は、はっきりそれを言葉にする。

「多分、レオンさんから聞いていると思うけれど……。この間も、決してレオンさんは本気だったわけじゃなく、荒療治のつもりだったんだろうと思います」

梶谷を気遣ったつもりの言葉だが、かえって過去を思い出させてしまう。だがこういうタイミングでしか、はっきり否定することはできないだろう。

梶谷ともレオンとも、この先も末永くつき合っていきたい。それゆえに、変なわだかまりは残したくない。

「気を遣わせて、君にとって嫌なことを思い出させてしまい申し訳ない」

「あ、いえ、嫌なことというか……」

否定したらいいのか、否定しないほうがいいのか、ものすごく微妙な状況だ。

「レオンはきっと、君と実際にできたらラッキーとは思っていただろうな」

あどけない表情を見せつつ、ビジネスマンとしてもやり手だ。天下のウェルネスでアジアの実働部門を任され、香港の龍を筆頭とする、とんでもない大物をバックにつけている。

ウェルネスのCOOであるヨシュアに対し、大嫌いと言い放てる数少ない存在は、狡猾でいて大胆で無邪気で愛しい。

レオンとのことがある前から面識はあったが、レオンとの出会いを経て、これほど近しい立場になるとは思っていなかった。

梶谷ですら、高柳を知れば知るほど魅了される。レオンがこんな高柳を可愛いと思わないわけがない。

「君がレオンと会う前に、ティエンと会っていてくれて良かった」

「……もし逆だったとしたら、レオンさんは僕のことなんて、きっと歯牙にもかけなかったんじゃないかな」

「どうしてそう思う?」

「レオンさんと出会ったのは、ティエンと出会ってからの僕だし、ティエンの象徴である龍を足に彫って欲しいと思ったからだから」

高柳はあっけらかんとした表情で言ってのける。

「……だが」

「仮定の話なんてしても仕方ないと思わないですか？　人生をやり直すことなんてできないし、したいとも思わない。あの、僕からも質問があるんですが」

「私に答えられることなら」

「梶谷さんにしか答えられないことです」

　高柳はにっこり笑う。

「梶谷さんはこれまでに、自分がレオンさんの負担や弱点にならないかと、心配になったことはありませんか？」

「唐突だな」

「いつか聞きたいと思いながら、タイミングを逃していて、今になってしまいました」

「だったら、もう自分なりの答えは出ているんじゃないのか？」

　逆に梶谷に問い返されて、高柳は「確かに」と思う。

「君と同じように、悩んだことはある。だが私の場合、どちらかと言えばレオンのほうがそれを気にしていたかもしれない。私たちは表向き、まったく接点のない仕事をしているから」

　レオンが上海証券の人間であることを知る人は少ない。となると、どうしてレオンと梶谷が一緒にいるか不思議になるだろう。

「私の出した結論は、弱点にならないのは無理だから、強みになれる道を探った」

「強み……、ですか」

「私が一緒にいることで、レオンの得になるように。レオンが一緒にいることで、私の得になるように」

「得」

「益、でもいい。利点でも。意味合いはなんでもいい。たとえば、自分が一緒にいれば、レオンは比較的規則正しい生活をする、とか」

「……そんなのも、得、なんですか」

「それによりレオンの寿命が延びるなら、得だと思わないか？」

「なるほど」

「笑顔が増える、でも、笑う機会が増えるでもいい。そう考えることで自分の気持ちが楽にならないか？」

「なんか、意外……」

梶谷の口から「笑顔が増える」という言葉が出てくるとは。

「君は私を一体なんだと思っている？」

「完璧で真面目なエリート……」

「買い被りすぎだ。私も普通の人間だ。君と同じで、嫉妬するし、好きな男の前では、情けない人間になってしまう。自分を好きでいてほしいし、自分だけを見てほしいと思ってしまう」

梶谷も同じ人間だとわかっていても、意外すぎる発言にやはり驚いてしまう。

「お互い、トラブルメーカーを恋人に持つと苦労が絶えないな」

「……ホントに。あ、ティエンからメールだ」

そのタイミングで、高柳のスマホが鳴動し、ティエンからのメールが届いたことを知らせる。

梶谷に断りを入れてから、高柳はティエンからのメールを確認する。

「一人で部屋に戻っちゃったらしいので、これでお開きにしませんか？」

気づけば深夜近い。

「もうこんな時間だったのか。楽しい時間はあっという間だな」

梶谷は店のスタッフを呼び止め、会計を部屋づけにするように依頼する。

「明日の夜、楽しみにしています」

「ああ。待ち合わせは明日改めて連絡をする……。そういえば、フェイロンたちはいつベトナム入りする予定なんだ？」

「一週間後のはずだったけれど、早まるみたいです。フェイロンのためにアオザイオーダーしてあげたら、すっごい喜んでいました」

席を立ちながら言う高柳の姿を、梶谷は改めて頭のてっぺんから足の先まで眺めた。

「今さらだが、似合っているよ、その服」

しみじみ言われると、少し恥ずかしいものの、褒められて悪い気はしない。

「ありがとうございます」

ティエンを思い浮かべながら選んだ生地だ。セミオーダーでも、体にしっくりくるデザインと生地で、思っていたより動きやすいうえに、肌触りも良かった。

ベトナムでの生活が決まったら、何着か、もう少し派手な生地で作ってもいいかもしれない。


「まだ食ってても良かったのに」

先に部屋に戻っていたティエンは、シャワーを浴びようとしていたのか、上衣を脱ぐところだった。

ティエンの裸など散々見ている。昨夜だって濃厚なセックスをした。

だが改めてこうして、不意打ちでティエンの裸を目にすると、鼓動が高鳴ってくる。

「僕がお寿司食べて来たこと、忘れてる？」

「忘れるわけないだろう。だが、ろくに味わえていなかったんだろう？」

ティエンはお見通しのようだ。

『好きな男の前では、情けない人間になってしまう。自分を好きでいてほしいし、自分だけを見てほしいと思ってしまう』

(僕も同じだ)

ティエンのことが好きすぎて、駄目な人間になってしまう。だが好きでいて欲しいから、好かれる人間にならなくてはと思う。

「電話、誰からだったの?」

「ゲイリーからだ。家の件で明日の午前中に行われる会議に、フェイロンの代わりに遠隔参加してくれと頼まれた」

香港では、ティエンは死んだものとされているはずだった。しかしそのティエンが会議に参加するということは、偽装だったことが明かるみに出ているということなのだろう。

黎家の反対派勢力も、ほぼ鎮圧されたと聞いている。次を担うフェイロンのため、ゲイリーやティエン、それから先生、侯も巻き込んで、掃討作戦を行っていた。

フェイロンが完全に黎家のトップになれば、ティエンがその存在を隠す必要もなくなる。そうなれば、ウェルネスの元にいる必要もなくなる。

今のティエンに、ウェルネスという名前は必要ない。

「何を見てる?　お前も一緒に入るか?」

裸になったティエンの誘いに、高柳は無意識に生唾を飲み込んだ。それから頷く。

「入る」

答えると同時にアオザイを脱ごうとする。が、胸元のボタンが上手く外せない。

「あれ。なんで外れないのかな」

途中で苛々してきて、乱暴に服を引っ張ろうとする。

「おい、待て。外してやるから」

手招きされて、高柳は小走りでティエンの前に立つ。顔が寄せられ吐息を身近に感じる。すぐにでも抱きつきたい衝動を堪えて、ボタンを外してもらうのをじっと待つ。

「ティエン……」

思いのほか、ティエンも苦戦する。その間、高柳は目を閉じて口を開く。

「なんだ」

「……好き」

意表を突かれたのか、ティエンの動きが止まる。

「知ってる」

当たり前のように返してきた唇が、高柳の唇に重なる。軽く触れて、離れ。そしてまた次に深く重ね合う。

絡められた舌を貪っているうちに、体が熱くなる。昨夜、意識を飛ばすほどに抱き合っているのに、また体が渇いてくる。

「ティエン……」

やっとボタンが外れるのを待って、高柳は乱暴に上衣を脱ぎ捨てる。その間も触れていたくて、キスを交わす。ズボンと下着を足を使って巧みに脱ぎながら、二人でバスルームへ移動していく。

ティエンは縁を跨いでバスタブに入ると、シャワーのコックを回す。二人の頭上から降り注ぐ熱い湯の下で、ティエンは高柳の体を壁に向けさせた。

両手を壁についた状態で、後ろに突き出した腰を、ティエンは両手で左右に押し開く。そこに背中を伝ったお湯が流れていくと、高柳の窄まりが細かくビクビクと震えた。

その中心に乱暴に入ってきた指で、腹を内側から刺激される。

「あっ」

高柳以上に高柳を知る男の指の動きで、一瞬にして下肢に熱が集中し、それまで足の間で大人しくしていた欲望が頭をもたげてくる。

「悪い……、もう、挿れる」

背中に覆い被さってきたティエンの、熱い息とともに吐き出される言葉に、背筋がぞくりと震えた。

「嘘（うそ）……」

もうなのかと驚く間もなく、指が引き抜かれた場所にティエン自身が押し入ってくる。

「や……あっ」

まだ早い。そう思ったものの、朝方まで慣らされていた体は、予想していたよりも抵抗なくティエンを受け入れてしまう。

「動かすぞ」

そして高柳の中が整う前に、激しく下から突き上げられる。

「ちょ、待っ、て……、んんっ」

痛いぐらいに腰を掴（つか）まれて、前後に大きく揺すられると、勃起（ぼっき）しかかった高柳の欲望も激しく揺れる。

「あ、あ、あ」

突かれるたび、声が零（こぼ）れ落ちる。

完全に解（ほぐ）されていない内壁は、律動（りつどう）するティエン自身に纏（まと）わりつく。ともに引きずられる内壁が、いやらしい音を立てる。

「そんなに、締めつけるな……」

「や、だって……、ん、ん……気持ちよすぎて……」

体を伝う湯までもが愛撫のように思える。

「智明……」

耳元で紡がれる己の名前に全身が戦慄いた。

愛している。そして、愛されている。

身の内で存在を誇示してくる熱を感じながら、高柳は声を上げ続けた。

7

ホーチミンの五区辺りは、チョロンと呼ばれる中華街として知られている。中心地から西側へ五キロほど移動した場所だ。

cho= 市場。Lon= 大きいという意味を持つ。

世界各地のチャイナタウンや中華街には足を運んでいるものの、ベトナムはそれらとは雰囲気が異なる。

先へ進めば進むだけ漢字を目にするようになるが、他と比べて明らかに異なる街並が続いているわけではない。

「場所、間違ってないよな?」

己の方向音痴のせいで、もしかしたら道を間違えたかもしれないと思って、高柳は地図を確認する。だがスマホに表示されている場所は、間違っていない。

つまり。

「ここが、チョロンか」

事前に調べたチョロンに関する記事でも、いわゆる『中華街』を想像していると、違うと思うかもしれないと記されていた。

高柳が今立っているのは、まさにそんな「何か違う気がする」場所だった。

「とりあえず、歩いてみようかな」

スマホの地図を見ながらだと歩きづらい。だから高柳はスマホの地図ではなく、プリントアウトした地図をボディバッグの中から取り出した。きちんと折り畳んだつもりでいたが、バッグの中で財布で押しつぶしてしまったらしい。

「くっしゃくしゃだ」

なんとも無残な皺のついた紙を開き、手で伸ばしてから改めて場所を確認する。

（この地図を見たら、絶対にティエンが説教するだろうなあ）

チョロンに繰り出す予定は、昨日、ファムと話をしたときに決めた。ティエンや梶谷に打ち明けようか否か悩んだが、反対されるのはわかっていたので黙っていた。一人で行くと知ったら、絶対にティエンはついてくると言っただろう。

だから、いつ、どうやってホテルから抜け出すかがネックだったのだが、タイミング良いことに、ゲイリーから電話が入った。

高柳に聞かれたくない話だったのかはわからないが、ティエンがわざわざ場所を移動した隙に、部屋を飛び出したのだ。

手にしたのはスマホと財布と地図だけ。それもティエンにばれないよう、早い内に密(ひそ)かに小さなボディバッグに詰めておいたので、いざというときに手間取ることはなかった。

おそらく、ティエンも薄々(うすうす)感じていたと思う。その証拠(しょうこ)に、ティエンからはメールが一本届いただけだ。

『無茶をするな』

(まったく信用ないな)

それでも、以前なら、一人で行くなと怒られたところだ。注意だけで済んだ今、互いの信頼度も高まった証拠だ。高柳自身、万(まん)が一(いち)のことがあっても、ティエンがなんとかしてくれるという他力本願(たりきほんがん)ではなく、自分でできるところまでは自分でする覚悟はできた。

とにかく高柳が最初にすべきことは「迷わず目的地に辿り着くこと」だ。

迷子になることで、トラブルに巻き込まれるパターンが多い。

初日、二日目と、ティエンと連れ立って街中に出たのも、今日のための準備でもあった。

メインとなる大通りを歩き、東西南北の位置関係を知る。目印になる建物、ホテルの位置、川を背にしての方角。

それから何より、己の言葉が通じるか否か。

ある程度の自信ができたからこそ、一人で出歩けると思えた。

最初に訪れたのは、アンユーンヴーン通り沿いに位置するアンドン市場だ。「市場」という名称だが、ビルの中に小さな店が密集している。

一歩中に入った途端、活気のある人の声が聞こえてきた。ここはアパレル関係が賑わっているらしく、二階に上がると大勢の女性を目にした。

特に何を買うわけでもなく、取り扱う品や店の雰囲気を眺めているだけで、なんだかワクワクしてくる。お祭りのときの高揚感に近いかもしれない。

「なるほど」

(アトラクション性は必要だよな、やっぱり)

そんなことを考えた自分に気づいて、つい笑ってしまう。

いつの間にか、仕事目線になっている。

もちろん、半分ぐらいは下見のつもりでいたものの、呼吸をするがごとく当たり前に分析している。

「昨日、梶谷さんと話をしたせいだな」

冷静に自己分析もして、改めて歩き出す。

他の土地の中華街と趣が異なる理由は、他と比べて観光地化されていないからだった。より生活に密着していて、「中華系移民の多く住んでいる場所」としての意味合いが強いのかもしれない。同時に、中華街のみでなく、ベトナム全体に中華系移民の人たちが馴染(なじ)んでいるのかもしれない。

もちろん、チョロンでは漢字を多く見かけるが、ベトナムの文字も当たり前だが多く目にする。

改めて「面白い」と思う。

インターネットや本でどれだけ調べても、実際に自分の足で歩き、空気を味わいながら調べるのには到底及ばない。深まった知識が、経験や体験に変化する。

屋台の食事も同じだ。

事前に勉強した自分の言葉が通じるかどうかも、実際に話してみてわかった。

小さなニュアンスの違い。イントネーションの変化。相手の顔を見て話すか否かで上達度は段違いだ。元々、語学に対する興味も強かったし、感覚は鋭(するど)かったほうでもある。さすがに文字の読解力まではついていなかったが、会話についてだけいえば、滞在三日目にして、生活にはほぼ困らないぐらいの理解度となった。

グエンチャイ通りへ入ると、日本でもお馴染のコンビニがあった。置いてあるものは、生活必需品から文具、食料まで。日本とほぼ変わらない。

昨日までは目に入らなかった家具も気になってきた。

（ベトナムで暮らすことになったら、家具も必要になるのか！）

今さらそんなことに気づく。初めて一人暮らしをしたときにすら覚えなかった、擽ったさがあるのは、一緒に住む人がいるからだろう。考えたら、ティエンと一緒に「生活」したことはない。今は長く過ごしているものの、「生活」ではない。どこか休暇の延長のような気持ちが拭えていない。

一緒に生きる。一緒に生活をする。

（食事、どうするのかな）

一人で暮らしていた時間が長い高柳は、ある程度、料理はできるが、ベトナムも台湾も外食が基本で、作って食べることはなかった。

だがこの先、ずっと外食だけでは栄養のバランスも良くない。

（料理するとなると、キッチンがちゃんとしたところに住みたいな。流行りのアパートのリメイクもいいよな）

考え始めたら止まらなくなる。

土産を買うつもりで眺めていた食器も、毎日使うことを前提に考えると違って見えてくる。

だが、はたとウインドウに映りこむ己のだらしない顔が目に留まった。

（駄目だ。まずは仕事）

高柳は慌てて両手で頬を叩き、気合を入れた。そして歩き出したが、途中の店のウィンドウを目にして、足を止めた。高級貴金属の店だ。男女が一緒に眺めていた先に指輪があった。

「……あ」

ふと思い立った高柳は店に入る。

「いらっしゃいませ」

スタッフの声掛けに、高柳は自分の目的を告げる。

「指輪が欲しいです」と。

買い物を済ませ次の目的地、天后宮に辿り着く。漂うお香の香りに懐かしさを覚える。建立されたのは一七六〇年。航海安全の守り神である天后聖母は、ティエンハウと称されている。独特の線香の匂いが周辺に漂っている。

天＝ティエンの名を持つ寺だと知ってから、絶対に訪れねばならないと思っていた。

屋根の上からは、あまたの龍や神の彫刻が地上にいる人々を見下ろしている。

門から中に入ると、天井から下がった螺旋線香が目に入った。大きなものだと一か月近くもつらしい。

高柳は参拝用の線香を一本購入し、地元の人の作法に倣ってお参りをする。

そこからさらに歩を進めていくと、今日の最終目的地、ビンタイ市場が見えてきた。

その手前に、三輪構造の「シクロ」が何台も待機していた。

かつて庶民の足とされていた乗り物も、世の中の発展に伴い、今は観光地でしか見かけることがないと、ガイドブックにも記されていた。

日本で言う、人力車に近いかもしれない。

アンドン市場の前で見かけていたら、利用したのになと思いつつ、横を通り過ぎる。

ビンタイ市場は二階建てで、ロの字状にフロアが構成されている。人一人が歩くのに精いっぱいな路地にも、所狭しと商品が並んでいる。

香辛料、乾物、野菜。様々な匂いが混ざってわけがわからなくなる。

観光名所として、目抜き通りにあるベンタイン市場は、もう少し整然とした印象がある。でもきっと、ベトナムの「本当」はビンタイ市場だ。

雑多で活気に溢れていて賑やか。

辺りをぼんやり眺めていたら、前から来た人にぶつかってしまう。

「コイチュン！」

「シンローイ」

咄嗟に口をついた言葉に、相手は面食らった顔をする。多分、観光客だと威嚇してきたのだろう。

高柳は自分のスマホと財布を確認する。ギリギリのところでスリに遭わずに済んだ。

ボディバッグを体の前に回して歩いていると、「ブラックジャックをやらないか」と見知らぬ男に声を掛けられた。

「俺はファムの知り合いだ。君はタカヤナギだろう？　見かけたら、ベトナムを案内してやってくれと言われている」

白シャツに膝丈のパンツにサングラス。短髪で煙草を片手に声を掛けてきた。

いかにもチンピラ然とした男は、頭の先から足の先まで「怪しさ」に溢れている。

だが、ファムの名前だけでなく、高柳の名前も知っている。

(誰だ、こいつは)

高柳は瞬時に頭を回転させる。

見知った顔ではない。事前に調べた資料の中にもこの顔はない。となれば下っ端。もしくは、まったく関係のない「誰か」。

その「誰か」はどこの人間なのか。

ファムとのやり取りは、あの寿司屋にいた人間なら聞こえていただろう。

タイングループはベトナム最大のコングロマリットだ。表にも裏にも通じている。

味方――ではない。

ならば、敵。

（誰だ？）

怪しいとわかっていても、高柳は相手の正体を知るべく、誘いに乗ってみることにする。

「僕、カードゲーム強いですけど、それでもいいですか？」

あえてベトナム語で強気に返してみると、「もちろん」という答えがあったのちに、顎をくいと反らした。ついてこい、ということだろう。

高柳はスマホの通話ボタンを押してから、「わかったよ」と応じた。

入り組んだ細い路地を何度も何度も曲がっていたら、完全に方向感覚がわからなくなった。右へ向かい、左へ曲がり、戻り進む。おそらく市場からは出ているのだろうが、どの出口から出たのかもわからない。

薄暗い路地のさらに薄暗く古いビルに入ると、日当たりの悪く、かび臭い階段を上らされる。

「ブラックジャックやるんじゃなかったの？」

「黙ってついてこい」

高柳がわざと文句を言うが、男は無言で先を急ぐ。途中で逃げたらどうするのかと思ったが、背後にも人の気配を感じた。

(思いつきで仕掛けてきたわけじゃないのか)

狭く急な階段を上った三階の扉を開けると、煙草と、かすかに記憶にある、甘くて危険な匂いが混ざった白い煙が流れてきた。

ねっとりと肌に纏わりつく視線を感じながら、先導されるまま奥の部屋へ進む。やばいなと思ったのは、電波が届かなくなったときだ。

(まあ、途中までは繋がってたから、なんとかなるか)

さすがに身の危険を覚えつつも、ここで引き返すのは無理だ。とりあえずブラックジャックで遊んでから様子をみるつもりでいた。だがそこをすっ飛ばされてしまった結果、どうも詰んだ感が強い。

鬼が出るか蛇が出るか。

内心ではかなり不安に思いながら、次の扉が開くのを待つ。

「やあ、高柳くん」

聞こえてきた声に残念な気持ちが生まれる。どこかで会うだろうと思っていた。だがこれほど早く、声を聞くことになるとは。

「ファムさん、こんにちは」

できるだけ感情を抑え、相手に答える。

「まさかこんなところで会うとは思ってもいませんでした」

「私は、気が短いほうでね」

ファム・バー・タイン。スーツに身を包んだ男の腕には、宝石のちりばめられた金色の時計が輝いている。

ファムは高柳に対し、返答期限を設けなかった。

「いつでも構わない」わけではなく、「答えはすぐに出させる」という意味だったのだろう。

（僕が甘かったか）

ある程度の修羅場は乗り越えてきたつもりでいたが、あくまで「つもり」だったことを改めて思い知らされる。

「今日、僕が出かけなかったらどうするつもりでいたんですか？　一人でなくても同じ手に出たんですか？」

「もちろん、ありとあらゆる状況を『仮定』して対応を考えていた。だが君が一人で動くことはわかっていた」

ファムは淡々と言い放つ。

おそらく戻ってきたスマホに、なんらかの細工が施されていたのだろう。だから高柳はあのスマホの電源は入れずにいた。

「それで、今のこの状況はどういうことですか。僕はブラックジャックをするつもりだったんですけど。ここはなんですか」

「私が運営している場所だ。金を出せばなんでもできる、大人が楽しめる遊技場だ」

「……なるほど」

「そして申し訳ないが、カードゲームを楽しませてはあげられない。君の返答次第では、君自身を賞品として、賭博の客に楽しんでもらおうと思っている」

「なんですか、それ」

どうやら笑える状況にないようだ。

「僕が何も対応せずに、一人でここまで来ると思っているんですか？」

「もちろん、それも織り込み済みだよ」

ファムは当たり前のように言い放つ。

「君に仕掛ければ必ず龍が動く。昨日も話しただろう？　我々が欲しているのは龍だ。君の口から我々の望む返答がすぐに得られれば、こんな手は使わなかったんだがね。君の出方が今ひとつ見えなかったので、次の手段に出させてもらうことにしたわけだ」

「……僕を餌にするということですか」

甘く見られたものだ。これまでに何度も似たような手を使われてきた。だが誰も成功していないことを、ファムは知らないのだろう。

「君にはしばし、この場にいてもらう。天龍に連絡を取るでも好きなようにしていい。制限時間は一時間。そこで君の返答をもらう。我らの望む返答でなかった場合は、君には賭博の賞品になってもらう。昨日のアオザイ、似合っていたからね。これをプレゼントしよう。良かったら身に着けてくれたまえ」

紙袋を渡された高柳は、さらに奥の部屋に押し込められた。

広さにして、三畳程度。窓がなく、小さな明りしかない息苦しい空間に、折り畳み式の椅子がひとつ置かれているだけだった。

鉄扉が閉められた途端、バタンという派手な音のあとで、鍵をかけられる音が響いた。

「あーあ」

ついぼやいたところで、スマホを手に持った。時折電波が立つのを確認して、高柳は何度かティエンに電話をかけてみるが繋がりはしなかった。

ただ、とりあえずこの建物に入るまでは通話が繋がっていたから、おそらくティエンに異変は伝わっているはずだ。

本当なら慌てるべきなのだが、すっかり慣れてしまっているせいで、どうしたものかと思うだけで終わっている。

とりあえず椅子に座り、先ほど購入した商品の入った小さな紙袋を眺めた。

「中、確かめられなくて良かった」

確かめられたところで、多少、恥ずかしい程度だった。そしてもうひとつ、ファムに渡された袋の中身を取り出して絶句する。

アオザイはアオザイだ。だが自分で買った男性用の物ではなく、明らかに女性用のデザインだ。淡い黄色の生地で、胸元から足に向かって大きな蓮の刺繍が施されている。

体のラインに添わせた細身のこの服を、高柳が着られると思ったのだろうか。

（やることないし、着てみるか）

シャツだけ脱いで、頭から羽織ってみる。さすがに男に贈るだけあって、女性用のデザインではあるが、胸元を強調するようなラインはなかった。

マオカラーで、斜めのボタンを留めるのは少し面倒臭いが、なんとか着られてしまった。

かなり大胆なスリットが入っているため、下に穿いたデニムのウエスト部分が露わになる。

どんな感じなのか鏡で見て確認したいものの、如何せんこの部屋では無理だった。

「このデザイン、男が着てもいいのかなあ」

怪訝(けげん)に思いつつ、なんとなくその場でポーズを取ったりしていると、扉の向こうで派手な音が聞こえてきた。

「来たかな?」

もう少し時間がかかるかと思っていたが、予想していたよりもティエンは高柳の動向を気にしてくれていたのだろう。となれば、鍵が開くのも間もなくだろうと椅子に座った瞬間、鍵の解除される音がした。

「たかやなぎ!」

そして扉が開くのと同時に、小さな塊(かたまり)が高柳に突進してくる。

「え……」

「たかやなぎ! たかやなぎ!」

腰の辺りにすがりついた塊が、続けざまに高柳の名前を呼ぶ。抱えた瞬間、反動で狭い部屋の反対側の壁に、背中をおしつけた状態の高柳は、瞬時にその「塊」がフェイロンだということを理解する。

「フェイ。どうしてここにいるの?」

おそらく助かっただろう事実より、フェイロンがどうしてここにいるのかが気になってしまう。

「たかやなぎ。ベトナム。会いたかった」

フェイロンは背伸びをしながら訴えてくる。

「え。フェイ。言葉が……。もう一度呼んで、フェイ。僕に……会いたかったの?」

「会いたかった」

はっきりその言葉を繰り返すのを確認して、背後では、まだ派手な音がしているのに気づいていたが、高柳はフェイロンをひしと抱き締めた。

8

「たかやなぎ！」

名前を呼ばれてはっとする。今は再会を喜んでいる場合ではない。

「なんで扉が開いてるんだ！」

助けの姿はまだ見えない。フェイロンを守るべく、高柳はたった今開いたばかりの扉を慌てて閉める。そしてフェイロンを抱えたまま背中を扉に押しつけて、その場にしゃがみ込んだ。

人を殴る音。ぶつかり合う音。何かが倒れる音、割れる音。

怒声。悲鳴。罵声。

銃声が聞こえた瞬間、フェイロンを抱えた高柳は体をびくつかせる。

「たかやなぎ」

そんな反応に気づいたフェイロンが、高柳の頬に小さな手を押し当ててくる。

「だいじょぶ。たかやなぎ、だいじょぶ」

「ありがとう」

（フェイロンに心配されるなんて、駄目だな、僕は）

フェイロンがここにいるということは、他にも助けがやってきたということ。

ティエンと一緒にいることで、これまでに何度も死の局面に対峙してきた。だからといって
ティエンから離れようとは思わなかったものの、自分が強くなる必要性は感じなかった。

多少、護身術を習ったところで、付け焼き刃にもならない。自分は自分のやり方で、いざ
というときの対処法を学べばいいのだ。それが高柳なりのティエンとともに生きる術だった。

ほどなく、乱闘の音が落ち着く。

「終わったかな……」

高柳は先ほど買った小さな紙袋をフェイロンに預ける。何かと、フェイロンは小首を傾げた。

「大切な物だから、持っててくれる？」

高柳が頼むと、フェイロンは強く頷いた。

「ありがとう。フェイはいい子だね」

笑顔になるフェイロンの頭を撫でた。そしてフェイロンを庇うように前に出て、扉のノブに
手を掛ける。

そしてゆっくり手前に引くと同時に、男の体が倒れてくる。

「お、っと……」

気を失っているのだろう。その男の体を避け、フェイロンを連れて部屋から出ようとした瞬

間――。

「アブナイ!」

フェイロンが叫ぶのと、高柳に向けられていた拳銃を握っていた手が、勢いよく革靴のつま先に蹴飛ばされるのは、ほぼ同時だった。

まさに刹那の時間の出来事だが、脳裏にはスローモーションのような映像として記憶されていく。

不思議な感覚を覚えながら、発砲された弾が当たっただろう天井を眺めた。

ドラマや映画のような出来事だが、これは現実だ。ベトナムに辿り着いてから、どこかふわふわと現実味の無い日々を過ごしていたが、今、はっきり両足を地に着けていることを実感する。

腕の中の温もりが、微かに身動ぎする。

柔らかい掌の感触に気づいて、高柳はゆっくり顔を上げる。

目線の先に、腕を背中に捻られた状態で、その場に膝をつくファムの姿があった。

殴られたのだろう。頬は赤く腫れ、切れた唇の端には血が滲んでいる。この展開は最初から予想できていたことだ。ファムもそうだろう。にもかかわらず、このような状態にあることをどう考えているのか。

「後ろにいるのと、僕の腕の中にいるのが、貴方の欲している『龍』です」

高柳は前置きなしにファムに話しかける。

「あえて僕が言わずとも、おわかりだと思いますが、力で支配するなんて無理です。飼い慣らせるわけがありません」

当然のことながら、高柳とて『龍』と称される男たちを飼い慣らしているとは思っていない。大体、「飼う」という発想自体がない。

「龍が何かわかっていませんし、こんなに危ないうえに、まったく言うこと聞きませんけど、気持ちは変わりませんか？」

高柳がそろりと尋ねると、ファムの動きを奪っていたティエンが呆れたように息を吐いた。この場に倒れている、ファムを含めて五名は、ティエンが相手をしたのだろう。相変わらず見事なものだ。

息を荒らげることもなく、当人はまったくの無傷だ。

「こんな目に遭ってて、お前は何を言ってるんだ？」

「まあ、そうなんだけど。元々は僕が仕掛けたようなものだから」

ファムが期限を設けなかったため、何か仕掛けてくるだろうことは予測できていた。何があっても、ティエンが助け舟を出してくれるだろうと思っていたものの、さすがに拳銃が出てくることは想像していなかった。ファムが裏の顔を持っているのは知っていても、自分が誘われたのは表の仕事の話だったからだ。

「……お前の好きなようにしろ」

ティエンは面倒臭そうに、ファムの腕を解放する。

「ありがとう」

建物に入るまで、ティエンとスマホを繋げていた。だから異変があれば、絶対に助けに来てくれるだろうと信じていた。何も告げずとも、ティエンには高柳の意図は伝わっていた。

感謝の言葉を述べてから、ファムに視線を戻すと、体の自由を取り戻した男は、捻られた腕が痛むのかそこを撫でていた。

「ファムさん」

改めて名前を呼ぶと、ファムは眉を顰めた。

「僕はベトナムで仕事をしたいと思ってます。そのために、少し、お手伝いをしてもらえませんか？」

「……手伝い？」

「この国にはこの国なりのやり方がある。でも僕はそれを知らない。僕のやりたいことを成し遂げるために、ベトナムを知り尽くしたパートナーが必要なんです」

「……タイングループの私をサポートに使おうというのか?」

「そうです。僕のために貴方の力を利用するつもりです」

高柳がより強い言葉で言い放つと、話を聞いていたティエンが苦笑する。

「もちろん、一方的に僕にだけ利点があるわけではありません。僕と仕事をすることで、形式上だけかもしれませんが、多少は龍にあやかれるかもしれません」

高柳は、自分の背中におぶさるように両手を伸ばしてきたフェイロンを示す。

「『彼』こそが、貴方の欲していた、次期黎家当主の『龍』です」

「……そんな子どもが?」

「子どもだと侮っていると、痛い目に遭いますよ」

「たかやなぎ」

フェイロンは完全に背中に乗り上がっていた。

まだまだ赤ちゃんだと思っていたが、ずいぶんと重くなった。油断をしていると重さに耐えられずに、その場に潰れてしまい兼ねない。

(フェイ、大きくなったなあ)

親の気持ちを味わいつつ、高柳はファムに意識を戻す。

「それから僕のことも、あまり侮らないでください。色々周辺のことを調べられたと思いますが、貴方次第では、それなりの対応をさせてもらいます」

高柳はスマホを操作して画面に表示させたものをファムに示す。

「……な、んで」

とある伝から手に入れている、株価の推移を示すグラフだ。そこにはタイングループの株価が急激に下落しているのがわかる。

「僕の知り合いに、客家の侯さんという人がいまして。その侯さんにちょっとお願いした結果です」

人との出会いによって得られた縁が、今の高柳の強みだ。腕っぷしでは敵わずとも、高柳なりの戦い方がある。

「すぐには結論は出ないかもしれません。猶予は二日。改めて僕から連絡をします。将来を見据えて考えてください」

そこまで言うと、高柳はフェイロンを背負ったまま立ち上がろうとした。が、膝に力が入らずよろめいてしまう。

「あ」

そのまま前のめりに倒れかかった体を、タイミングよくティエンが手を掴んで支えてくれる。

「危ないな」

ぶっきらぼうに言いながら、高柳の一挙手一投足を見ていてくれる。だから倒れる前に手を貸してくれるし、助けてくれる。

「ありがとう」

改めて高柳はその手を強く握り締める。


「大丈夫か」

建物を出てすぐ、梶谷が声をかけてきてくれる。その後ろにはレオンの姿、そして先生がいた。

「ああ、やはりフェイロンは貴方のところにいたんですね」

高柳が背負ったフェイロンの姿を目にして、先生は安堵の息を漏らす。

「すみません。皆さんを心配させてしまって」

「お前が無茶をするのは、今に始まったことじゃねえが、女装姿は初めて目にしたな」

顎には無精髭を浮かべ、派手なシャツとデニムを身に着けたレオンは、楽しそうに肩を揺らす。

「そんな格好をさせられているのを見ると、ティエンの胃に穴が空く日も近そうです」

先生の冷ややかな口調も変わらない。高柳は自分が女性用のアオザイを着ていることを思い出す。

「似合わないですか？　女装じゃないです。先生だって似たような格好してますし、僕も結構イケてるんじゃないかと思うんだけど。どうかな、フェイ」

「はーい！」

「似合うから問題なんだろうが」

レオンは苦笑する。

「ところで、先生がフェイをここまで連れてきてくれたんですか？」

自分に向けられた嫌味はスルーして、フェイロンのことを尋ねる。

「ええ。ホーチミン空港に着いたら、もうとにかく落ち着かなくなりまして……。チョロンに来たところで姿を見失いました」

フェイロンは少しだけ不思議な力を持っている。これが龍の血によるものか、フェイロン独自のものか、高柳にはよくわからない。だが高柳にとってフェイロンはフェイロン以外の何者でもない。

フェイロンが自分を慕ってくれる限り、高柳はフェイロンを守ろうと思っている。

「怪我はないか？」

梶谷は真剣に高柳を心配してくれている。

「まさかファムがこんな手に出るとは……。すまない。私の甘さだ」

「梶谷さんが謝ることじゃないです。それに、僕のほうこそご心配おかけしてすみません」

気づけば寝てしまったフェイロンを先生に預け、高柳は頭を下げる。

「それから、今後のことについて、改めて相談に乗ってください」

「……！　もちろん。法律的な問題なら私の専門だ。ヨシュアやファム相手に、君が絶対有利になるような契約書を作成しよう」

国際弁護士としての力を発揮すべく、自信たっぷりな梶谷の返答に、高柳は肩を竦める。

「その件も改めてお願いしたいんですが、今は別の話なんです」

「別の話？」

「はい……と、あれ、どこやったっけ？」

高柳は辺りを見回して、目当ての物を見つけると、先生の腕の中で眠るフェイロンのところへ移動する。

「フェイロン。持っててくれてありがとう」

預けていた紐をしっかり摑む細い指を、一本ずつ離して袋を手にすると、中に入っている小さな箱を取り出した。

「ティエン」

一歩下がった場所で高柳を見ていた男は、名前を呼ぶと「なんだ」と面倒くさそうに応じた。

「こっち来て」

「なんで。お前がこっちに来ればいいだろう」

「そこだと皆に見えないから」

「見えないって何が」

ちょいちょいと手招きすれば、なんだかんだ文句を言いながらも、高柳の前までやってきてくれる。

そして、その場にいる仲間から見える位置に立ったティエンの前に、高柳も立った。

「正直、今さらな感は拭えないんだけど」

いざティエンを目の前にすると、緊張ゆえに声が震えた。

「だから、何が……」

「結婚して」

高柳がプロポーズした瞬間、その場の空気が固まった。

できればこんな雑多な場所でなく、もう少しロマンチックなシチュエーションを考えていた。

だが世の中そうそう上手くいくものではない。

多忙な仲間が顔を揃えている今こそ、最良のタイミングなのだ。

と、思っていたのは高柳だけなのか。

ティエンは開きかけた口をそのままで、じっと目の前の高柳を凝視している。

（あれ？　嬉しくなかったのかな）

もはやティエンの気持ちを疑ったりはしない。二人がこの先も一緒に生きていくことは、改めて確認するまでもない。

結婚など、本音を言えば、高柳はまったく考えたことはなかった。頭のどこかで、結婚は男女でするもの、自分には縁のない行事と捉えていた。

だが実際には男女だけでなく、同性の結婚を認める国もある。互いを想い合う気持ちに性別は関係ないと、高柳も思っている。自分たちがわかっていれば、法律的な縛りも必要ない。この気持ちに変わりないにもかかわらず、結婚したいと思った理由――。

それはもう、指輪を目にしたからに他ならない。さっき指輪を買わなければ、それも結婚指輪にしなければ、結婚はなかっただろう。

なりゆきだろうとなんだろうと、結婚指輪を買った。渡すシチュエーションを考えたらプロポーズ以外思いつかなかった。どうせプロポーズするなら、自分たちのことを知っている人の前でしたい。

で、今に至る。

「ティエンには迷惑ばかりかけてるし、今日も変なことに巻き込んだし、面倒だと思ってるかもしれないけど。僕は君のことが大好きで、これからも一緒にいたいと思ってる。絶対、幸せにするとは断言できないけど、一緒に幸せになるための努力は惜しまない。だから」

高柳は持っていた指輪のケースの蓋を開け、左足を後ろに引いて、右膝に肘を置いた。

「僕と結婚してください」

昨今、こんな仰々しい挨拶をする人はいるだろうか。

周辺にいた観光客や現地の人までもが、気づけば周辺に集まっていた。向けられる視線に痛さを覚えつつ、ここで怯んだほうが負けだ。

(周りに人だかりがあるのは気のせいだ)

現実を見た途端、何かか崩れ落ちてしまう。だからぐっと堪えてティエンに集中する。

だが、ティエンは突っ立ったまま、指輪を取ることも返事をすることもしない。

(まさか怒ってる?)

断られるとは思っていないが、こんな公衆の面前で、自分がプロポーズされる状況など、想像していなかったに違いない。さすがのティエンも、何をどう反応すればいいかわからなくなったのか、もしくは恥ずかしいのか。

「おい、ティエン。高柳が勇気を振り絞ってプロポーズしたのに、お前はそれを無視するつもりか？」

沈黙を破ったのはレオンだ。サービス精神から、ややこしくなることを言わないでくれと願う高柳の気持ちを悟ったのか、梶谷がそこに続けた。

「煽ったら駄目だ。きっと彼は、自分の言うべきセリフを高柳に奪われて放心しているんだよ」

「え？」

それは考えてなかったが、ティエンの嫌そうな顔を見ると、あながち当てずっぽうなわけではなさそうだ。

「ごめん、ティエン。それなら君からプロポーズしてくれてもいいよ。僕は新婦でも新郎でも、どっちでもいいんだ！」

明後日の方に走り出す高柳の発想に、周りが大爆笑する。

「ったく、お前はどうしていつも……」

額に下りた前髪を軽くかきあげた指を、ティエンは己のデニムのポケットに突っ込んだ。

そして。

「……嘘」

手の中にある箱を見て、高柳は声を震わせる。

「同じこと考えてたんだ……」

ティエンもまた高柳と同じで、マリッジリングを用意していた。

「お前と違って、俺は思いつきで買った訳じゃない。もっと前から用意してたが、なかなかタイミングがなかった」

それでもいつか渡そうと、持ち歩いていたというのか。

「何が、タイミングがない、だ。つき合いだしたばかりの中学生でもあるまいし。格好だけつけてたら、渡す前にどっか落としてなくしちまうぞ」

レオンは胸の前で腕を組み、喉の奥で笑う。

「お前じゃないんだ。落とすわけないだろう」

ティエンは高柳と同じように片方の膝を地面に突き、指輪の入った箱を差し出してきた。

「ティエン……」

「智明。俺と結婚してくれ」

胸の奥がきゅっと締めつけられる。

「ずっと前から考えていた。だが、お前を俺の運命に巻き込むことになるのが気がかりで、ずっと渡せずにいた。でもお前が何もかもわかったうえで望んでくれるなら躊躇(ちゅうちょ)はしない」

自分も同じことをしているはずだが、これほどときめきを覚えるのか。

「する！　結婚する。ティエンの運命になら、喜んで巻き込まれる。そんなの今さらだよ」

高柳は勢いよくティエンの首に抱きついた。結婚していようがいまいが、運命に巻き込まれるのだ。それならいっそのこと、明確な関係を持っていたい。

「ああ、どうしよう。ティエンのことが愛しすぎてしょうがない」

「今さらだ」

ティエンは抱きついた高柳の後頭部を優しく撫でてくれる。伝わってくる匂いや温もりが愛しい。

「こんなところでいちゃいちゃしてねえで、とっととホテルに帰れ」

二人のやり取りを見ていたレオンの言葉で、高柳ははっと我に返る。

「レオンの言う通りだ。後のことは私たちに任せて、早く帰りなさい」

「レオンさんも、梶谷さんに指輪贈ったらいいよ」

「ああ、そうするさ」

「え？」

あっさり応じるレオンと、驚く梶谷の反応の差がなんとも二人らしかった。

「アパート、見つけたんだ」

ホテルの部屋に入るなり、勢いよく高柳は着ていた物を脱ぎ捨てた。同じようにティエンが上衣を脱ぐのを待って、唇を重ね合わせる。

口づけを交わしながら、ベッドへ移動する。その合間に、高柳は少しだけ未来の話をする。

「ベトナムって、古いアパートをリノベーションするのが流行ってて。それが可愛くてお洒落で……、あっ」

うつ伏せの状態で、突き出した尻の間を探られた瞬間に、短い声を上げる。

「それで?」

ティエンは高柳を愛撫しながら、先を促してくる。

「ずっと……、ベトナムで過ごすわけじゃないと思うけど、ここで暮らすうちは、ベトナムの物に溢れたところに住むのも、いいと思って……、あ、あ、あ……」

後ろから挿入された指を動かされるたび、断続的に声が零れ落ちてしまう。腹の奥に指をいれられ、そこを強く押されると、それだけで高柳自身が反応する。

「そこ……、気持ち、いい……」

前は触られていないのに、昂った先端から溢れ出した先走りの蜜が、シーツに染みを作っていく。

「……ティ、エン……、ねえ、欲しい……」

指での愛撫も気持ちがいい。だが、ティエン自身が欲しい。

「ベトナムの話はもういいのか？」

高柳の望みがわかっていてティエンは焦らしてくる。高柳の薬指とティエンの薬指には、ティエンの買ってくれたお揃いの指輪が嵌められている。

高柳の買った分は、ネックレスにすることで話はついた。

理由は、サイズが合っていなかったから。凡ミスすぎて笑うしかなかった。梶谷にも先生にもレオンにも笑われた。

『高柳らしい』

そんな風に言われてしまう己の印象に、高柳は猛省した。

ティエンは、ひたすら優しい表情を見せてくれていた。

改めてティエンが愛しいと思った。心も体も、ティエンを求めている。

「もう、無理……」

早くティエンが欲しい。感情の赴くままに腰を揺らし、ティエンを求める。

「ティエン、が、欲しい。早く挿れて……」

顔だけ後ろに向けて、ありったけの想いで訴えると、ティエンは高柳を仰向けにした。

そして、左右に開いた足の間に腰を進め、露わになった場所へ己の欲望を突き立ててきた。

「あ……」

じっくり時間をかけて、高柳の中にティエンが入ってくる。

「愛している」

ぐっと奥まで腰を進めたティエンが、甘い告白をしてくれる。

「僕、も」

長く一緒にいればいるほど、愛しくなる。想いが大きくなり、溢れてくる。

体内のティエンが大きく硬くなる。二人が一つになっているという感覚が、たまらなく好きだ。

「ずっと……ずっと、一緒にいよう」

高柳の言葉に、ティエンは優しく頷いた。

＊＊＊＊＊

翌日早朝、己が眠っている間に、高柳がいなくなったことに激怒したフェイロンの急襲を受けた。

当然、ホテルの扉のロックはしていたが、フェイロンに鍵は関係ないらしい。

情事ののち、気を失うように眠っていた高柳の上に乗っかってきたフェイロンは、がむしゃらに頬を叩いてきた。

「……え、何、フェイロン……、どうして」

「こいつに『どうして』と聞くのが無意味だ」

ティエンは、フェイロンの怒りの矛先が自分に向けられる前に、ベッドから逃れる。

すっかり目が覚めた高柳は、ひしと自分に抱きつくフェイロンをあやしながら、スマホに届いているメールを確認する。

「ヨシュア、予定が早まって、明日ベトナムに来るって」

「そうか」

「予定を早めて、僕らも今日、ダナンへ移動しよう」

「ダナン！」

フェイロンが反応する。

「フェイも行きたいよね」

「はい！」

元気いっぱいの返事に、高柳も元気が出てくる。

「僕、ウェルネスには戻らない」

高柳は改めてティエンに己の決意を告げる。

「ああ」

「でも、これからもウェルネスとの仕事はすることになると思う」

「お前の好きなようにすればいい」

「うん。そうする。ありがとう」

どんな自分も認めてくれる人がいる。それがどれだけ心強いか。

「フェイ。『神の手』観るの、楽しみだよね」

「楽しみ！」

無邪気(むじゃき)に笑うフェイロンと一緒に笑う。

未来は明るい。